文春文庫

岡っ引黒駒《くろこまの》吉蔵《きちぞう》

藤原緋沙子

文藝春秋

目次

主な登場人物

黒駒吉蔵……甲斐国の牧で育ち、いまは江戸に住む岡っ引。馬を自在に操り、『爪　黒駒屋』の主でもある。

坂崎大和守定勝……先の甲府勤番支配。御用聞きだった吉蔵を、江戸に連れ帰り、中間として奉公させていた。

金子十兵衛……北町奉行所与力。坂崎と懇意の仲で、吉蔵に江戸で岡っ引となるよう働きかける。

菱田平八郎……北町奉行所臨時廻りの同心。吉蔵の主で、十手を預けている。

佐世……平八郎の娘。吉蔵に思いを寄せる。

清五郎……元北町奉行所定町廻りの岡っ引。吉蔵の親ほどの年だが、探索の手助けをしている。

ねね……清五郎の娘。居酒屋『おふね』を、亭主の松五郎ときりもりする。

金平……吉蔵の手下として働く。おっちょこちょいだが、機転が利く。

おきよ……坂崎家で下女中として働いていた老女。いまは吉蔵の世話をする。

岡っ引黒駒吉蔵

第一話　凧たこあがれ

一

大伝馬町一丁目《おおでんまちょう》の大通りから南に入った横町に『凧《たこ》　黒駒屋《くろこま》』と小さな看板を掛けた小体《こてい》な店がある。

　御府内にある多くの凧の店は、海でとれる大蛸《おおだこ》を模した大看板などをぶら下げて、軒《のき》には奴凧《やっこ》、鳶凧《とんび》、扇凧、字凧に加えて、高価な極彩色の武者絵《むしゃえ》など、人の目を惹く様々な凧を吊り並べて客を呼び寄せている。

　だが黒駒屋の佇まいは、表から見る限りいかにも地味である。

　ところが、店の中に一歩入ってみると、この店がそんな派手な客寄せをしなくても人気のあるのが良く分かる。店の中には、一風変わった真っ黒い絵の凧を、ところ狭しと並べていて、その迫力に圧倒されるのだ。しかもただ物を売ればよいというような姿勢ではない。子供たちに自分で凧を作る楽しさを教えている。今日も三人の町人の男児がやって来ていて、紙に絵を描いているが、その顔は真剣で目は輝いている。

そしてそれを見守っているのが、この店の主《あるじ》で吉蔵《きちぞう》という若い男である。吉蔵は、健康そうな肌に千草色（あざやかな青）の縞の着物をさらりと着こなしていて、一本筋の通った男ぶりを際立《きわだ》たせている。

「ねえねえ吉蔵さん、たてがみは、もっと靡《なび》かせた方がいいですか？」

男児の一人が描いた絵を見せる。

「いや、それでいい。良く描けたじゃねえか」

吉蔵は褒《ほ》めてやる。

「わーい、やったぞ！」

男児は馬を描いた紙を持ち上げ歓声を上げた。

するともう一人の男児が、

「おいらのも見て」

かかげた絵は、いかにも短足の駄馬だ。

「そうだな、もう少し天を翔《か》けているように描いてみろ」

「ちぇ、どう描けばいいんだ。むつかしいな」

男児は商品棚の凧と比べてみる。

この店には、独楽《こま》や手鞠なども少しは並べているが、店の景色を圧倒しているのは両脇に並べられている凧だ。しかも今男児が描いている絵と同じ、真っ黒い馬の凧ばかりだ。

たてがみを靡かせて宙を飛んでいるような勇壮な黒い馬の凧は、この店の人気商品。この店の屋号にもなっている『黒駒』のことだ。

甲斐国《かいのくに》笛吹川支流の金川《かねがわ》扇状地の黒駒牧《くろこままき》で、奈良時代頃に飼育されていた馬といわれていて、聖徳太子の愛馬だったという黒一色の馬だ。今は富士山への登山や、街道筋の荷の運搬のための馬が小さな牧で細々と飼育されているだけだが、黒駒は今でも甲州では有名な馬である。

伝説のある馬だからか、じっと黒駒の凧を見ていると、何か神がかっているような、力漲《みなぎ》るものが伝わって来る。

凧の大きさは、一枚張り、二枚張り、四枚張りなど各種置いてあるようだが、奥正面の壁には畳一枚ほどの黒駒の凧を作って飾ってある。富士山を背景に、まさに天翔ける馬の絵だ。この一枚で、店全体が活気に満ち溢れている。

今町人の男児三人が作っているのは一枚張りの小さな凧で、まずは紙に馬の絵を描くことから始めているところだ。

「よーし、馬の足は肝心要《かなめ》だぞ。ぐっと力を込めて描くんだ。この馬は、甲斐の黒駒という名馬なんだからな」

吉蔵は、子供の手に自分の手を添えると、躍動感のある馬の足に描いていく。真剣な子供たちの顔にむける吉蔵の目は優しい。

するとそこに、奥の茶の間から老女が出て来て、吉蔵に言った。

「吉さん、そろそろお出かけの時間でしょう?」

この老女は、おきよという人で、家事いっさいと、吉蔵が留守の折には店にも出て、客の相手をしてくれる働き者だが、少々口うるさいのが玉に瑕《きず》だ。

だが吉蔵にとっては母親か祖母のような存在になっているし、子供のいないおきよも、母親のような気分で接してくれている。

吉蔵はおきよに、分かったと手を上げて返事をすると、

「今日はこれぐらいにしよう。また明日だな」

子供たちに言った。

「吉蔵さん、じゃあ明日は、凧の骨を張るんですか?」

一人の男児が嬉々として訊く。仕上がるのが待ちきれない様子だ。

「いや、まだまだ先だ。明日は竹でまず骨を作らなきゃな」

吉蔵は笑って言った。

すると、もう一人の男児が、口を尖《とが》らせて言った。

「与一《よいち》も万介《まんすけ》も、吉蔵さん、吉蔵さん、なんて気安く言っちゃあいけねえんだぜ。この黒い馬と同じく吉蔵さんは、おいらたち町の者を守ってくださっている頼りになるお人なんだ。だから、親分さんって言わなきゃ失礼だよ……おいらのおっかさんがそう言ってたんだから」

「松吉《まつきち》、いいんだよ、そんなことは……吉蔵さん、でいいんだ」

吉蔵は笑って子供たちを帰したが、松吉の言う通りただの玩具屋の主では無かった。

本業は北町奉行所臨時廻りの同心、菱田平八郎《ひしだへいはちろう》から十手《じって》を預かる岡っ引だ。

しかも吉蔵は黒駒を飼育している甲斐国が出生地で、岡っ引になって三年が過ぎたばかりだが、屋号に掲げている黒駒の異名を持つ、腕利きの岡っ引と言われるようになっている。

いわば岡っ引の中では異質の存在だが、何故吉蔵がこのお江戸の岡っ引になったのか、そのきっかけは先の甲府勤番支配だった坂崎大和守定勝《さかざきやまとのかみさだかつ》の存在だった。

甲府勤番といえば、まず皆の頭の中に浮かぶのは、江戸で問題を起こした不良旗本や御家人が甲府勤めを命じられ、一生を甲府で暮らす山流しだ。

だが、その者たちを統括する勤番支配は、石高も三、四千石の旗本大身が務めることになっていて、常時二名が甲府に赴くが、こちらは甲府に流された勤番士とは事情が違って、任期は四年ほどで、江戸に戻ると出世する。

勤番支配二人の配下には勤番士が二百名、その下に与力や同心がいる訳だが、それだけの人数で甲州全域の治安その他を治めるのは到底無理だ。

甲州には市川、石和《いさわ》、谷村《やむら》に代官所も設置しているが、こちらでは犯罪人を捕縛し、裁く組織は無い。

そこで地元の御用聞きを使うことになるのだが、吉蔵はその御用聞きの一人だったのだ。

しかも吉蔵は、少年時代に細々と黒駒を飼育していた小さな牧で暮らしていたことから、馬の世話も出来るし、もちろん人に慣らすよう躾《しつ》けることも出来る。

それに加えて御用聞きとしての腕も秀《ひい》でているという噂を耳にした坂崎大和守は、屋敷に吉蔵を呼び、その面構え心構えを確かめて、大いに気に入ったのだ。

なんとか吉蔵を手元に置きたいと考えた坂崎大和守は、任期を終えて甲府を発つことになった四年前、吉蔵を連れて江戸に戻って来たのである。

吉蔵はこの時から、坂崎家で中間《ちゅうげん》としての奉公を始めていた。

ところがある日のこと坂崎大和守は、屋敷にご機嫌伺いにやって来た北町奉行所の与力金子《かねこ》十兵衛《じゅうべえ》に、才覚のある男を連れ帰って来たと自慢話をしたのである。

すると、すぐさま金子は、是非ともこの江戸の岡っ引として働いてほしいものだ、などと嘆願したらしく、吉蔵は坂崎大和守に呼ばれてその意思が有るか無しかを訊かれた。

吉蔵は思案の末に、坂崎家の屋敷を出ることを決心した。

坂崎の殿様には恩も義理もあったのだが、吉蔵には誰にも話していない、市井で暮らしたい事情があった。

それは、幼い頃に自分を牧の主に託して江戸に発ったきり音沙汰のない父親に、会ってみたいというひそかな願望があったのだ。

坂崎家にとどまっているより、町場に出た方が父親に出合う機会は多いはずだと思ったのだ。

坂崎大和守は、吉蔵が馴れぬ江戸の街で探索に携《たずさ》わることを案じ、暮らしに困らぬよう餞別を渡してくれたのだった。

通常江戸の岡っ引は、同心の手下として働いても、正式に給金や手当を支給される訳ではない。

十手を預かっている同心からいくらかの心付けは貰っているが、大概女房の稼ぎに頼っていて、義俠心や正義感で成り立っているのである。

そういったことから考えると、独り身の吉蔵がどうやって糊口《ここう》を凌《しの》ぐことが出来るのか、坂崎大和守は案じたに違いない。

だが吉蔵は、そんな心配を跳ね返すように、まもなく爪屋を開くと報告した。

すると坂崎家は、屋敷で下女中として長年働いてきた老女のおきよを説き伏せて、吉蔵の住まいに寄越して来たのである。

そのおきよというのが、先ほど店に顔をみせて、ひとこと注意を発して奥にひっこんだあの老女のことだ。

「さて……」

吉蔵は立ち上がった。

おきよの言う通り、今日は臨時廻りの菱田平八郎のお供をして、市中を見回らなければならない。

茶の間に入って、吉蔵が神棚から十手を取り上げたその時だった。

「親分、大変だ！」

家の中に駆け込んで来た者がいる。

金平《きんぺい》という二十歳になったばかりの、吉蔵の手下だ。

近くのおたふく長屋に、仕立物をする母親と二人暮らしだが、岡っ引になりたくて、吉蔵の手下にしてほしいと押しかけて来た男だ。

少々おっちょこちょいだが、機転が利くし動きが速い。

だが、吉蔵は金平の足元を見て言った。

「何が大変なんだよ。お前、その足、泥だらけじゃねえか」

「すいません、じゃなかった。それどころじゃねえんですよ。今ね、大通りをあばれ馬があっちに走り、こっちに走り迷走していて、怪我人まで出てて大変なんですよ」

金平は口から泡を飛ばして叫んだ。

「何、あばれ馬が迷走だと……」

「へい、今日は初音《はつね》の馬場で何人かのお侍が乗馬の稽古をしていたらしいんですが、その一頭が暴れ出して馬場を飛び出して……」

金平が最後まで説明するより先に、

「案内しろ！」

吉蔵は表に飛び出した。

「親分、あそこ！」

大伝馬町の大通りに走り出た金平は、東の方を指した。

通り合わせた人々が、悲鳴を上げながら、暴走して来た馬を避けようとして逃げ惑っている。

馬は、たてがみを靡かせ、尻尾を激しく振りながら、通油町《とおりあぶらちょう》の方に駆け抜けて行く。

「！……」

吉蔵は、駆けていく馬の尻を見詰めながら、

――どうしようもねえな……。

追いつける筈もないなと思った瞬間、馬が突然くるりと向きを変えて、こんどはこちらの方に駆けてきた。

「うわわ！」

通りの両脇にある商店の前では、通りかかった多くの人々が、店の中に飛び込んだり、叫び声を上げている。

「た、助けて……誰か！」

大伝馬町二丁目の中程に店を開いている小間物屋の前では、たった今、女の人が倒れたのが見えた。

突進して来た馬を避けきれず転倒したようだった。

「あっ」

今度は、通りかかった荷車がひっくり返り、転がった樽が割れて通りに醤油《しょうゆ》がぶちまけられた。

醤油の香りがこちらまで漂ってくる。

「あっ、こっちに走って来ます！」

金平が叫ぶ。

「誰か、誰か、馬を止めてくれ！」

どこかの商店の主らしい男が走り出て来て、両手を挙げて叫ぶ。

「金平、あの男を家の中に入れろ」

吉蔵は金平にそう告げると、あばれ馬が近づくのを待って、「はい！」と声を掛けて飛びついた。

「親分！」

金平はびっくりして叫んだ。町の衆も、

「おおー！」

吉蔵が、たてがみを摑んで馬の背に乗り上げると、手綱《たづな》を摑んで本町四丁目の方に走って行くのを見て、歓声を上げた。

息を呑んで馬が走り去った方角を眺めていると、まもなく吉蔵が馬の背に乗って引き返して来るのが見えた。

馬はおとなしく吉蔵を背にのせている。

「ああー！」

町の衆の歓声がまた上がった。

吉蔵は金平のところまで馬に乗って戻って来ると、ひらりと飛び降りて、馬を撫でてやる。

するとそこに、乗馬姿の侍が、よろよろしながら近づいて来た。若いが小太りの男で、いかにも鍛えが足りないような面つきだ。

「町人、よく止めてくれたな、恩にきる……初音の馬場で、走らせていたんだが……私が落馬した途端に暴走を始めたのだ」

侍は、息も絶え絶えに説明する。

「旦那、この馬は走り足りねえんじゃないかと思いますよ。もっと頻繁に乗って走らせてあげた方がよいかと存じます」

吉蔵はそう言って、手綱を侍の手に渡した。

「助かった……」

侍はほっとして手綱を受け取る。

馬が暴走して人を蹴り殺していたならば、乗馬の稽古をしていた侍の手落ちとして、お仕置きを受けるのは必定、ただではすまないだろうと吉蔵は思ったのだ。

「そなたの名は……教えてくれぬか」

侍は訊く。

「へい、あっしは黒駒の吉蔵という岡っ引でございます」

「何……岡っ引とな。町人のお前が、いったいどこで馬の扱い方を覚えたのだ?」

不思議そうな顔で尋ねる。

吉蔵は困惑した顔を向けた。町人が馬に乗るなんてことは、この江戸市中で許されてはいない。馬に乗れるのは侍だけだ。

嫌な予感が頭を掠《かす》めたが、人助け、馬助けの為に、咄嗟《とっさ》にしたことだ。誰かが止めなくては、大きな被害が出たに違いない。

吉蔵は、仕方なく答えた。

「昔、牧で暮らしておりまして……」

「そうか、そうだったのか。吉蔵、礼を言うぞ。死人でも出れば大変なことになるところであった」

侍は素直に礼を述べた。

「へい、大事がなくて、よろしゅうございやした」

吉蔵は微笑む。珍しく好感が持てる侍だなと思った。

「吉蔵、私は上野国《こうずけのくに》松田藩の山下太一郎《やましたたいちろう》と申すものだ。お前さんが岡っ引と聞いて頼みたいことがある。今度のこの馬の暴走で、怪我人などがなかったかどうか調べてくれぬか」

真剣な顔で言った。

威張ってばかりのいい加減な侍が多い中で、山下太一郎は意外なことに、この不祥事を反省していて、町の人に詫びる心も持ち合わせているようだ。

「承知しやした」

吉蔵は頷いて、山下太一郎が馬を引いて帰って行くのを見送った。

「まったく、人騒がせなこった」

吉蔵に近づいて来たのは、清五郎《せいごろう》という六十がらみの男だった。

「これは親父さん」

吉蔵は振り返った。

清五郎は北町奉行所定町廻りの岡っ引をやっていた男である。ところが十手を預かっていた旦那が隠居し、不幸なことに女房が急死したことで岡っ引から身を引いていた。だが、吉蔵が岡っ引になった時に与力の金子十兵衛から、

「しばらく吉蔵という男について、探索を助けてやってくれないか」

そう頼まれて、

「わかりやした。あっしも少しやりたりねえと心残りがしておりやした。隠居の前の一仕事、岡っ引吉蔵がこの年寄りを必要というのでしたら喜んで……」

そう言って吉蔵の手下として、手助け知恵助けをしてくれているのである。

吉蔵にとって若い金平と親父のような清五郎は、願ってもない助っ人となっている。

「とにかく、怪我人がなかったかどうか調べなきゃならねえ。吉さん、馬が暴走

した町の番屋に、早急に調べて知らせてくれるように頼みやしょう」

清五郎は言った。

二

その夕刻、吉蔵と清五郎、そして金平は『松の実』という小料理屋を訪れた。

番屋の調べで、松の実の板前が、暴走した馬に蹴られそうになった老女を庇《かば》って怪我を負ったということが分かったからだ。

松の実の店は、馬喰町《ばくろちょう》一丁目の神田堀河岸《かし》地にあり、吉蔵たちが訪ねた時には、客も入っていて忙しそうな様子だったが、女将《おかみ》が出て来て、

「心配してくださってありがとうございます。確かにうちの板前で仙太郎《せんたろう》っていう者が馬の後ろ足で蹴られて……いえね、でも骨は折れていないようで、ほっとしているところです。今呼んでまいりますから、どうぞこちらに……」

女将は、吉蔵たちを小あがりの座敷に上げた。

小あがりの座敷は屏風で仕切ってある席で、大方客が入っていた。

階段があって二階にも料理を運んでいるところを見ると、二階にも席はあるよ

うだった。

　このところ不景気だという話もあるが、この店は随分と賑わっている。

「お待たせいたしました。板前の仙太郎でございます」

　まもなく女将と一緒に、若い男がやって来て座った。仙太郎と名乗る男はなかなかの美形で、板前姿が良く似合っていたが、その腕は白い晒《さら》しできつく巻かれていた。

「傷の具合はどうだい？」

　吉蔵が訊くと、仙太郎は小さく笑って、

「これぐらいなんともございません」

「なんだったら、あの馬を暴走させた侍に、薬礼を掛け合ってもいいんだぜ」

　吉蔵は言う。あの山下太一郎という侍は、きちんと対応してくれる人だと思ったからだ。

「いえ、大丈夫です。私も危険を承知で飛び出して行ったんです。あの老女は、耳が不自由で馬が近づいて来るのに気付かなかったと言っておりました。私にも母がおります。ですから咄嗟にしたことで、怪我をしたのは誰のせいでもありません」

仙太郎は、きっぱりと言った。

するとすぐに、側に座っていた女将が、

「いやね、うちの店の板前は、亭主ともう一人の年季の入った人と、そしてこの仙太郎さんなんですけどね。仙太郎さんは若いのに飲み込みが早くて腕もいい。私たち夫婦も期待しておりまして、怪我などされてはほんとに困るんです。つい先ごろも、命を落としかねない危ない目に遭ったと聞いたばかり、その時も肝《きも》を潰《つぶ》しましたが、今度は馬に蹴られるなんて、ひょっとして仙太郎さんは、また命を狙われたんじゃないかと、ひやっとしたんですよ」

案じ顔で言って笑った。

「危ない目に遭ったというのは……」

吉蔵が訊く。

「はい、五日前のことです。亀戸《かめいど》村の百姓に買い付けている野菜のことで相談に行った帰り、日が暮れかけてしまいまして……竪川《たてかわ》に出るまでずっと木場が続いているんですが、その薄暗い道で辻斬りに遭いまして……」

「辻斬りだと……」

吉蔵は、清五郎と顔を見合わせた。

仙太郎は話を続ける。

「斬りつけてきたのは浪人でした。いきなり刀を抜いて私を襲って来たんです。なんにも言わずに……私は走りました。竪川の河岸に猪牙舟《ちょき》を待たせていましたので、それに飛び乗って助かったんですが、九死に一生を得るとは、ああいうことなんでしょうね」

「しかし辻斬りが、あんなところに出るのかね。あっしが辻斬りなら、裕福な商人たちが往来するような場所を選ぶんじゃねえかな」

清五郎は首をひねる。

「仙太郎さんは、その浪人の顔に覚えは？」

吉蔵の問いに、仙太郎は首を大きく振って否定した。

「この店にもたくさんのお侍が来てくれますが、お客さんの席に私が顔を出すことはありませんので……」

「顔の特徴とか、着物の色柄とか、何か覚えていますか。何でもいい、念のために聞いておきてえ」

仙太郎は、ちょっと考えたのち、

「痩せていました。日に焼けた顔で……総髪でした」

吉蔵は頷きながら聞いている。

「そうそう、あれはなんだろうか、鈴の音だ」

「鈴の音……」

聞き返した吉蔵に、

「はい、私を襲って来た時に、鈴の音が聞こえたんです。鈴を見た訳ではないので確かなことは言えませんが、空耳ではないと思います」

覚えているのはそれぐらいだと仙太郎は言った。

「会ったこともない、知らない浪人か……」

吉蔵が呟くと、

「なぜ私が狙われたのかさっぱり分かりません。きっとあの浪人は、食い詰めて、誰かれ構わずに襲ってきたのではと思います」

仙太郎はそこまで話すと、では私はこれでと席を立った。

女将は、仙太郎が厨房に引き上げるのを待って、

「いい人でしょ。礼儀正しくって言葉も丁寧でね。よくあんな人に育てたものだと、仙太郎さんのおっかさんには感心しているんです。母子二人でこの近くの長屋で暮らしているんですが、おっかさんは、今は潰れてありませんけど大店《おおだな》で女

中をしていたと聞いています。二人とも氏素性は悪くないと見当がついてます。私たち夫婦には子供がおりませんから、いずれこのお店は、仙太郎さんにやってもらいたいって、亭主と話しているんですよ」

女将は仙太郎とその母親を心底信頼し、頼りにもしているらしかった。

ただ吉蔵も清五郎も、何かもやもやしたものが胸を駆け巡っていた。

——本当にただの辻斬りだったのだろうか……。

吉蔵と清五郎は顔を見合わせた。


馬の件の聞き込みも落ち着いたこの日、吉蔵は同心の菱田平八郎に連れられて、与力の金子十兵衛に会いに北町奉行所に出向いた。

金子十兵衛は吟味方与力で、吉蔵を甲州から連れて来た坂崎大和守とは懇意の仲だ。

「待っていたぞ、吉蔵、遠慮せずに中に入れ」

廊下に膝を折った吉蔵を、金子十兵衛は手招きして部屋の中に招じ入れた。

「さて、本日二人を呼び寄せたのは、どういう話か分かっているな」

金子は、ちらりと吉蔵を見た。

「分かっております。町人風情がこのお江戸の町中で馬の背に乗った、分際をわきまえないふるまいだ。そういうことでございますね」

吉蔵は顔を上げ、金子の顔をまっすぐに見て答えた。

街道筋で旅人が馬の背に乗るのは誰にも咎められることはないが、江戸市中で馬に乗れるのは、侍の中でも許されている身分の者だけだ。

吉蔵は金子に呼ばれていると聞いた時から、馬に飛び乗ったことだろうと見当をつけていた。そのことで罪を問われるのなら仕方がないとも覚悟していた。

ここに連れて来た同心の平八郎の顔も強《こわ》ばっている。

吉蔵と平八郎は、金子の次の言葉を待った。平八郎が緊張のあまり唾を飲み込んだその時、険しい顔だった金子が、

「見事な手綱捌《さば》きだったらしいじゃないか」

にやりと笑ったのだ。

「はっ、私も見ていた町の者たちから話を聞いて驚きました」

平八郎は、ほっとした顔で応えた。

「吉蔵、お前のお陰で、大勢の命が救えたのだ。よくやった、わしも見てみたかった」

じっと吉蔵を見詰めた。

「恐れ入ります」

吉蔵は手をついた。

「坂崎の殿様に昨日呼ばれてな、暴走馬の話をどこからかお耳に入れていたようで、吉蔵なら万事うまくなだめたに違いない、そう申されての」

金子は笑った。

恐縮して吉蔵は頭《こうべ》を垂れた。

「いやいや、痛快ではないか。殿様の話では、吉蔵は牧で暮らして大きくなったと聞いておる。甲斐の黒駒を育てる牧でな」

金子は、興味深そうな顔で訊く。

「牧という程のものではございませんが、母が幼い頃に亡くなりまして、私は五歳の頃に牧の主に預けられて馬と一緒に育ちました。馬が友達でした。ですから少しは馬の気持ちも分かりますので……」

吉蔵の言葉を、金子は頷きながら聞いていたが、

「凧の店を開いたのも、そういうことかな」

金子は笑った。

「へい」

吉蔵が頭を掻くと、

「随分繁盛していると聞いている。坂崎の殿様も黒駒の爪の話をされていたが、私もゆっくり見てみたい。いや、実は倅《せがれ》に急《せ》かされているのだ。黒駒の爪が欲しいとな」

「お持ちしましょうか」

思いがけない言葉に、吉蔵は嬉しかった。

「いや、連れて行く。わしも店の中を見たいのだ」

金子は笑った。だが、再び難しい顔をすると、

「こたびのことは死人が出なかったこともあって、免責となったが、今後は御定法を持ち出して難癖を付ける輩《やから》が出てこないとも限らぬぞ。これからはよくよく気を付けてくれ。そなたはわしが坂崎の殿様にお願いして、町奉行所の手下として働いてもらっているのだからな」

金子は言った。

「承知しております」

吉蔵はまっすぐに見て答えた。金子の心遣いが有り難かった。

「昔の岡っ引には、素性のややこしい、品行も良くない者が多かったが、近年はそのような者に町の治安の手助けは頼めぬ。世の中も妙に騒がしくなって来ておる。そなたも知っている通り、昨年は大老井伊《いい》様が桜田門外で襲われてお命を奪われた。その余波はおさまりそうもない」

金子は深いため息をつく。

平八郎も頷いて暗い顔になった。むろん吉蔵も昨年のあの騒動を思い出すと、これからどのように世の中が流れて行くのか不安は募る。

昨年三月に大老井伊直弼《なおすけ》登城の行列を襲った水戸藩士たちは、あれから非業《ひごう》の死を遂げている。井伊直弼を亡き者にするという目的は果たしたかもしれないが、自分たちも命を散らしてしまったのだ。

また、襲われた側の彦根藩の家来たちも事情は複雑で、その場で討死した四人と邸に戻って死んだ四人の計八人は殉難者として扱われたが、重傷を負った八人は命の存続だけは認められたものの下野《しもつけ》佐野に配流。刀も抜けず、いやそればかり逃げ惑い、醜態をさらした軽傷者は切腹、無傷だった者たちは、全員斬首されたのである。

斬首された者は全員お家断絶であった。

御府内を揺るがしたこの事件は、まだくすぶっていて、不穏な空気が漂っている。

その不穏な空気は静かに世の中を覆い始めていて、その後も、米公使館通訳のヒュースケンなる者が、この江戸の芝薪河岸の中の橋近くで浪士に惨殺されているのである。

「世の中が騒がしくなると、暮らしに困窮し、あるいは辛い立場に置かれている者たちは、堪忍袋の緒が切れやすくなっている。これから、犯罪も増えるに違いないのだ。菱田はじめ同心たち、そして吉蔵、そなたたちも忙しくなると心得て、しっかり励んでくれ」

金子は、真剣な顔で言った。

菱田平八郎と吉蔵が、与力金子の部屋を辞したのは、まもなくのことだった。

二人は北町奉行所を出ると呉服橋に向かったが、橋の袂《たもと》に立っている娘を見て、

「佐世《さよ》……」

平八郎は驚いた。娘の佐世が二人を待っていたのだ。

「父上、吉さん……」

佐世は駆けよって来た。

「どうしたのだ、こんなところで」

「だって心配だったんです。黒駒屋に行ったら、おきよさんが与力の金子様に呼ばれて出かけたって言うんですもの。きっと先日の馬の暴走のことで、何かお咎めでもあったんじゃないかと思って……」

佐世は頰を赤くして言う。

「この通り、お咎めはありませんでした」

吉蔵は苦笑して両手を広げてみせた。

「よかった……」

佐世はほっと息をついて、吉蔵に笑いかけた。

近頃佐世は、なんだかんだと言い訳を作っては、しょっちゅう黒駒屋に遊びに来ている。

どうやら吉蔵に関心を持ってのことのようだが、おきよはそのあたりを見抜いていて、嫌みを並べ立てては追いかえしている。だが佐世も、けっして引き下がることはない。

吉蔵にしてみれば佐世は、自分に十手を預けてくれている旦那の娘だ。佐世の気持ちを薄々感じながらも、どう応じたらいいのか、いまだひやひやしながら、おきよと佐世のやりとりを見ているのだ。

一方父親の平八郎も、娘の心に気付かぬ筈はないのだが、吉蔵に迷惑を掛けていないかと案じながらも娘の純な思いを断つことは出来ない。

「いいから帰りなさい。何も案じることは無い」

平八郎は佐世を追いかえした。

三

「金平、殺しだと……どこで殺しがあったんだ？」

吉蔵は爪の出来上がりを確かめていた手を止めて聞き返した。

「へい、この間暴走した馬のことで話を聞きに行った松の実のすぐ近くです。ごん助長屋と呼ばれている裏店《うらだな》です」

「ごん助長屋……」

吉蔵は、十手を懐《ふところ》におさめ、帯のしまり具合を見るように、ぽんと叩いて訊く。

「へい、八年前までごん助という番犬がいたそうなんです。賢い犬で、その犬が生きていた頃には、怪しい人間は一人も長屋に入ってこられなかったっていう話ですが」

「そうか、それでごん助長屋か」

「ところがその長屋で殺しがあった」

「金平、親父さんに連絡してくれ」

吉蔵は土間に下り、雪駄《せった》を履きながら言った。親父さんとは清五郎のことだ。

「親父さんは平八郎の旦那のところに走りやした。すぐに追っかけて来る筈です」

「よし分かった」

吉蔵と金平は、おきよに見送られてごん助長屋に向かった。

「親分……」

金平は木戸を入ったところで、長屋の中程に出来ている人垣に視線をやった。

そこが被害にあった家らしい。小走りして近づくと、

「黒駒の親分さんだ、退《の》いてくれ」

金平が人垣を分けた。すると、

「親分さん……」

泣きながら出迎えたのは、先だって仙太郎のことで会ったばかりの松の実の女

将だった。

「女将……」

驚く吉蔵に、

「殺されたのは仙太郎さんのおっかさんなんですよ」

後ろを振り返って部屋の中に視線をやる。

「何だって……」

吉蔵は家の中に飛び込んだ。

仰向けに倒れている母親の側で、泣いている仙太郎の姿が目に止まった。

「仙太郎さん、これはいってえどういうことだい」

尋ねる吉蔵を、仙太郎は涙をぬぐって見上げた。

「分かりません。誰がおっかさんを殺したのか……」

声をふりしぼる。

「お前さんはいなかったのか？」

「はい、昨夜はお店で泊まっていて、家には帰ってきてないんです。今朝戻ってみると、この有様で……」

言葉が詰まる。

部屋の中を見渡せば、あちらこちらを乱暴にひっくり返して、何かを探した跡がある。

「物取りか……何を探していたんだ、心当たりは？」

吉蔵が尋ねるが、仙太郎は首を横に振るばかりだ。

「ふうむ……」

吉蔵は金平に手伝わせて、仙太郎の母親の遺体を確かめる。

「肩から袈裟《けさ》懸《が》けか……殺《や》ったのは侍だな」

呟いて、苦悶の表情を浮かべて亡くなっている母親の顔を見る。出血が酷《ひど》かったのか、顔は真っ白だ。

遺体は既に冷たく、流れ出た血の乾き具合から見ても、殺されたのは昨夜かと思えた。

――物盗りか、或いは遺恨があってのことか……。

それにしてもむごい。年老いた女を刀で殺すなど許せぬ……と吉蔵は思った。

「吉さん……」

そこへ清五郎が菱田平八郎を案内して入って来た。

平八郎は傷口を確かめて検死すると、

「むごいことだ……」

ひとこと呟いて、

「お前の母親だと聞いたが……」

仙太郎に訊く。

「私の母でございます。おみよと云います」

仙太郎は言った。

「下手人の心当たりはないのか……誰かに恨みを買っていたとか」

平八郎は次々と問い質《ただ》すが、何を尋ねても仙太郎は首を振るばかりだ。

「旦那、おみよさんは誰かに恨まれるような人じゃあありませんよ。働き者で、礼儀正しくって、仙太郎さんと二人、この長屋で八年前から暮らしているんですが、長屋の皆さんからも慕われていたんですから」

割り込んできて説明したのは松の実の女将だった。

「ふむ……」

それにしても腑に落ちないという顔で、平八郎は部屋の中を見渡した。

吉蔵は、入り口で首だけ家の中に突っ込むようにして見ている長屋の者たちに、近づいて訊いてみた。

「おっかさんが殺されたのは昨夜のようだが、誰か、下手人の姿を見た者はいねえのか？」

すると、大工の法被《はっぴ》を着た男が、人を押しのけて土間に入って来て、

「あっしは定吉と申しやす。隣の者です。一人暮らしなもんで、酒を飲むほか楽しみがねえ男です。ゆんべも酔っ払ってぐびぐびやっていたんですがね。大きな物音は聞いておりやす」

目を血走らせて言った。

「何……大きな物音だと？」

「へい、最初に何かバンっとたたき割るような音が聞こえて、次には押し殺した男の声が……」

「何と言っていたのだ、その男は……」

「それはちょっと……」

大工の定吉は苦笑いを浮かべて、

「あっしはすぐに眠くなっちまって、後は覚えちゃいねえんでさ」

「お前さんの家は、この家のどっち隣だ？」

吉蔵は重ねて訊く。

「右隣でさ。この家の左隣は空き家ですからね」

「物音と声か……」

「へい」

定吉は申し訳なさそうに頭を下げた。

「誰も、下手人の姿を見た者はいねえのか？」

吉蔵は声を張り上げたが、長屋の者たちに反応は無かった。互いに顔を見合わせるだけで、怯《おび》えた顔でこちらの様子を窺《うかが》っている。

その時だった。仙太郎が何か思いついたようにふいに立ち上がった。そして台所の板の間に歩み寄ると、床板を剝がし始めた。

皆の視線がそそがれる中で、床下から味噌壺を取り上げる。

そしてその蓋を開けると、壺の中から布に包んだ長い物を取り出した。

「何だい、そりゃあ」

平八郎が尋ねる。

だが仙太郎は黙したまま、険しい顔で布の包みを開いた。

出て来たのは、女物の懐剣だった。

「懐剣じゃないか……誰の物だ……まさかおふくろさんの物か？」

平八郎が尋ねるが、仙太郎は首を横に振って、

「私には誰の物か分かりません。ただ、おっかさんが後生大事にこの懐剣を持っていて、誰かの目に止まったらいけないと言い、ここに隠していたんです。まさか下手人はこれが欲しくて……」

仙太郎は不安な顔で言った。

「もしそうなら、おふくろさんが懐剣を持っていると知っている者だということになるな」

言ったのは清五郎だ。

「まさか、私とおっかさん以外には誰も知らない筈だ……」

仙太郎は否定する。

「だがな、おふくろさんが後生大事にしていたのには何か訳があってのことに違いない。その訳をお前さんは知らないのか？」

平八郎が訊く。

「それが……聞いたことはあるんですが、お前は知らない方がいいなんて言って、それっきり……」

仙太郎は困惑顔だ。

「仙太郎さん、手がかりは何もねえんだ。すまねえが、それ、預からせて貰うよ」

吉蔵は仙太郎から懐剣を受け取ると、平八郎の手に渡した。

「これは、余程良い品だな……」

平八郎は鞘を払って懐剣を眺めた。

外から入って来ている陽の光の中で、懐剣の刃は美しい光を放っている。

「仙太郎と言ったな。この懐剣、おっかさんは何時《いつ》から持っていた？」

平八郎が訊く。

「何時から……ずっと昔から持っていたように思います」

仙太郎は思い出しながらそう答えた。

四

「おねね、今日は栗御飯を炊くとか言っていたな」

清五郎は酒を運んで来た娘のおねねに、早速催促した。

「おとっつぁん、御飯はお酒の後でしょ。分かってますから」

おねねは言い、吉蔵に笑って見せて、

「おとっつぁんはいつもこうなのよ。せっかちで吉蔵さんも大変ね」

「いえ、親父さんには一から何かと教えて貰って、親父さんがいなかったら、あっし一人では探索もままならねえ」

吉蔵は笑って返した。

「ありがとう吉蔵さん、そんな風に言っていただいて……なにしろ、おとっつぁんが北町の旦那から十手を預かっていた頃には、このお店はおっかさんがやっていたんだけど、ずっとおとっつぁんを支えて苦労しているのを見ていたから、あたしは亭主には絶対に岡っ引になんてなっては駄目だって言ってるの。でもね、おとっつぁんの場合は、十手をお返しした年におっかさんが亡くなって、途端にまるでふぬけみたいになってしまって、このまま老いて死んでしまうのかしらって案じていたの。でも吉蔵さんと一緒に御用が出来るようになって、今は毎日生き生きして、ほんと、助かってるの。だから吉蔵さん、おとっつぁん、遠慮しないでこき使ってくださいね」

おねねは父親の顔をちらちら見て言った。

清五郎は苦々しい顔をして、

「それくらいにしろ、お前、同じことを何遍言うんだよ。ったく、気が強い娘に育っちまって、ねねなんて名前を付けるんじゃなかったよ」

愚痴る愚痴る。おねねは、ははは と笑うと、

「秀吉公の奥方はねねと言ったんだ。お前も運を摑むようにねねと名付けてやったぞ、なんて言ってたのは誰かしら」

清五郎をぎゅっと睨んで、

「吉蔵さん、美味しいもの、次々運んできますからね。ゆっくりしていって下さいね」

おねねはそう言って、板場に帰って行った。

この居酒屋の名は『おふね』と言って、清五郎の女房の名前である。

今は娘のおねねが、板前の亭主松五郎《まつごろう》ときりもりしていて、吉蔵も時々探索の帰りに清五郎に誘われて立ち寄るのだが、いつもこんな調子で、父親と娘の掛け合いを聞いている。

父娘の会話に遠慮は無いが、心の中では支え合っている親子の風情が感じられて、吉蔵はこの店に来ると楽しい。

「吉さん、どうぞ……」

清五郎は、吉蔵にとっくりを傾けた。

二人はまずは一杯、喉を潤すと、

「吉さん、あの懐剣だが、何故仙太郎さんのおふくろさんが後生大事にしていたのか……どう見ています？」

清五郎は、盃を下に置き、再びとっくりの酒を注ぎながら、

「親父さん、そのことだが、平八郎の旦那があの懐剣を調べたところ、永井《ながい》勝国《かつくに》の作だったと分かったようですぜ」

「なるほど……」

清五郎は深く頷く。

「旦那の話じゃあ、勝国という刀鍛冶は、五十年ほど前から人気が出て来たそうで、特に懐剣を得意としているんだと……しかしそんな名の通った刀鍛冶の懐剣を持てるのは、大名か大身旗本だと言っていたな。とすると、仙太郎さんのおふくろさんは、いったい何者なのかということになる」

吉蔵は言って首を捻る。

「その通りだな。昔あっしがかかわった事件で、町場に住んでいた美しい女が殺された時に、持ち物を調べてみたら、あのような懐剣が出て来たことがあった。

そこで調べてみると、大奥に長年いた女中だと分かったんだ」

清五郎の言葉に吉蔵は頷いて、

「おふくろさんがそういう人だったとしたら、仙太郎はどういう人なんだと考えているんですがね。それが解けねえと、この事件の解決は難しい」

吉蔵の言葉に、今度は清五郎が頷く。

「親父さん、あの日は月も出てねえ暗い晩だったんだ。そんな暗い夜に、あの長屋のあの家が、仙太郎おみよの住まいだと狙いをつけて押し入ったということは、前もって知っていなくちゃあ出来ねえ業《わざ》だ。きっと調べていたにちげえねえ。明日はそのあたりを当たってみようと思うんだが……」

吉蔵がそう言ったその時、金平が入って来た。

「親分、ひとつ面白い話を聞いてきやしたぜ」

金平は顔を紅潮させて二人の前に座ると、

「仙太郎のおふくろさんですが、その昔、昔と言っても二十年ほど前の話なんですが、日本橋にあった呉服問屋の『近江《おうみ》屋』で女中をしていた人じゃねえかという人がいやしてね」

吉蔵と清五郎の顔を見た。

「間違いねえのか？」

清五郎の目が急に険しくなる。

「へい、おふくろさんは、上物の着物の仕立ての仕事をして仙太郎さんを育てて来たようですが、その仕事を出していたのが、大伝馬町の呉服問屋『嵯峨野《さがの》屋』でした。その嵯峨野屋の手代から、昔近江屋にいた人だと聞いたんでさ。ただ、おふくろさん本人の口から聞いた訳じゃないようです。昔近江屋に出入りしていたという仲買人が、嵯峨野屋に仕立てた着物を持って来たおみよさんとばったり会って、それで手代に言ったんだそうです。ところがです。後で手代がおみよさんに確かめたら、違います、人違いですと顔色を変えて認めなかったと、言っていましたがね」

「それが本当なら、大変だ……近江屋は二十年前押し込み強盗に入られて皆殺しに遭った店だぜ」

清五郎は険しい顔で言った。目が暗く光っている。

「親父さん、本当ですか……」

吉蔵は驚いて訊く。

「吉さん、あっしが直接関わった訳じゃあねえが、残忍な事件だったんだ。生きている者はいねえと聞いていたんだが……」

「で、その盗賊は捕まえたのか」

「いや、一味の誰一人として捕まっちゃあいねえ筈だぜ」

「すると、近江屋の店はどうなったんだい、親父さん」

「それだ、今は『名倉屋《なぐら》』という蠟燭《ろうそく》問屋になっているんだ」

吉蔵は清五郎の言葉に黙って頷いた。


翌日吉蔵たちが蠟燭問屋の名倉屋を訪ねて、主に会いたい旨伝えると、怪訝《けげん》な表情で主はすぐに出て来た。

「私が主の利兵衛《りへえ》と申しますが、本日はまたどのような御用で？」

「いや、二十年前この店は呉服問屋だったたな。ところが押し込み強盗に皆殺しにされたと聞いている。新しく店を開くにあたっては、沽券《こけん》を手にいれなくちゃあならねえ訳だが、皆殺しにあった筈の店の沽券を誰から譲り受けたんだね」

清五郎は、上がり框《がまち》に腰を据えて主の顔をじっと見た。

「はい、確かにそのような恐ろしい曰くのある店でした。ただ、地主さんから、京に縁者がいると教えていただき、その方との話し合いで譲ってもらいました。

むろん、建物は解体して新しく建て替えまして……」

主の利兵衛の顔には、そういう話だったのかという安堵の色が広がっている。

「なるほど……で、もうひとつ訊きてえ。近江屋は主一家から奉公人まで皆殺しに遭ったと聞いていたが、生き残りがいるという話もある。旦那はこれについては耳にしたことはありませんか」

吉蔵が訊くと、主は突然声を落として、

「私が聞いているのは、隣の相模屋《さがみ》さんの番頭さんが遺体の調べに立ち合わされていて、三人の顔が見えなかったと……つまり、三人生き残っているらしいと……」

神妙な顔で告げた。

「三人生き残っている筈だと……」

清五郎が驚いて聞き返す。金平が調べた仙太郎の母おみよは、昔近江屋の人だったという話が現実味を帯びてきた。

「はい、私はそのように聞いています」

利兵衛は言った。

「すると、いったい誰と誰が生き残ったのか、教えちゃあくれませんか。実はあっしもあの当時、押し込み強盗については皆殺しだと聞いていやした。生き残りの話は間違いねえんでしょうね」

清五郎は更に念を押す。

「はい、確かに最初は皆殺しだと、これはよみうりなども喧伝《けんでん》しておりました。ですがその後私が聞いた話では、番頭一人、女中一人、それから近江屋に赤子の時に拾われて養子となっていた男児が一人、助かったのはこの三人だと……」

吉蔵は、清五郎と顔を見合わせた。そして、

「その女中の名前だが、おみよという人じゃなかったですかい?」

利兵衛に尋ねた。

「さあて……」

利兵衛は小首を傾《かし》げてから、

「名前までは知りませんな。一度お隣の相模屋さんの番頭さんに確かめていただいた方が……」

利兵衛は申し訳なさそうな顔で言った。

吉蔵たちは名倉屋を出て、隣の店の相模屋に入った。相模屋は扇子《せんす》や団扇《うちわ》を扱っている問屋だった。

出迎えてくれた手代に事情を告げて番頭に会いたいと申し入れると、五十過ぎの男が出て来て、

「あれは、恐ろしい出来事でした。私は一人一人の顔を確かめて、近江屋の者なのかどうかをお役人に伝える役を仰せつかったのです。遺体は全部で三十五人、主もそうですが奉公人のほとんどが上方からやって来て、この江戸でおつとめをしている人たちです。可哀想に、まだ十四、五の丁稚小僧も二人殺されていましてね……」

番頭は言葉を詰まらせ、

「今思うと、私の倅と同じような年頃でしたよ。倅を江戸に送り出した田舎の親御さんは、どれほど悲しんだことかと思います」

思わず目頭を押さえる。

吉蔵は頷いて、

「生き残った者も三人いたと、たった今、名倉屋の旦那から聞きましたが……」

話を向けると、

「はい、三人助かっています」

きっぱりと言い、

「近江屋さんでは、台所の仕事も男衆でしたが、お内儀《かみ》や旦那の世話をする女中が一人おりました。その人の遺体はありませんでした」

吉蔵も清五郎も金平も、固唾《かたず》を呑んで番頭の顔を見る。

「それから番頭さんの半兵衛《はんべえ》さん、この方は八王子の絹市に出かけていて助かったんです。店に帰って来た時には、殺害された人たちの葬儀を、近隣の者たちで準備していたところでした。その時の半兵衛さんの驚きと落胆は言葉で言い表すことは出来ません。でも半兵衛さんは生き残った自分が全ての責任を持って行わなければと思ったのでしょう。喪主になって葬儀を行い、遺体は全て近江屋の菩提寺であった、新堀川沿いの『龍念寺』に葬りました。それだけではありません。半兵衛さんは店に残っていた商品を売り払い、残務整理をしたお金や沽券は、京の本店に送ったと言っていました。全ての処理を終えて最後にこの地を去る時に、こちらに挨拶にみえました。その時に私にも礼を述べて下さいました。どちらかにお勤めになるのかと訊きましたら、しばらく骨休めをして、それからこれからのことを考えるとおっしゃっていましたが、その後どうしているのか、私には分かりません」

吉蔵は頷いて聞いている。

「それからもう一人、近江屋に赤子の時に拾われて養子となっていた仙之助《せんのすけ》という男の子の遺体もありませんでしたので、助かっている筈です」

「仙之助……仙太郎じゃねえのかい？」

清五郎が確かめる。

「仙之助さんです。実は先ほど命が助かっている筈だと話しました女中さんは、仙之助さんの子守役でもあったのです。ですから、一緒に逃げて助かったのではないでしょうか」

吉蔵も清五郎も金平も、あっと驚いて番頭の顔を見た。

「番頭さん、その女中の名前だが、おみよ、じゃなかったですか？」

吉蔵が念を押す。

「いえ、おなつさんという名です」

番頭は、はっきりと答えた。

「おなつ……」

呟いた吉蔵に、

「おなつです」

番頭はもう一度、はっきりと言い直し、

「私は長い間殺された人の顔がちらついて眠れない日が続きましたよ。思い出したくもない光景です」

表情を曇らせた。

「色々と訊いてすまねえが、最後にもうひとつ、生き残った三人が、今どこで暮らしているのか知る人はいねえのかい？」

清五郎が尋ねるが、番頭は首を横に振って、

「知りません」

申し訳なさそうに言った。

「邪魔したな」

吉蔵たちは礼を述べて踵《きびす》を返した。店を出ようとしたその時、

「お待ちを」

番頭が引き留めた。振り返ると番頭が歩み寄って言った。

「あの、ひとつお伝えしておかなければ……実は一月《ひとつき》前だったか、生き残ったおなつさんと仙之助ぼっちゃんのことを訊きに来たお侍がいます」

「何だって……その侍というのは、浪人のことかね」

驚いて吉蔵が尋ねると、

「いえ、立派なお侍でした」

番頭はそう言ったのだった。

五

「ああ、駄目駄目、そんな包丁の持ち方では……」

おきよは、ネギを刻んでいる佐世に厳しい口調で言い、

「もうこちらはいいですから、竈《かまど》の火を見ていて下さいまし」

包丁をこちらに渡すように手を伸ばすが、

「大丈夫です。私のうちは、いつもこれぐらいの大きさに刻んでいるんですよ」

佐世も負けてはいない。襷《たすき》掛けに前垂れをした勇ましい姿でまな板の前に陣取っている。

おきよは大きくため息をついて睨んだが、諦めて竈の火を覗《のぞ》いた。

竈の中で火は勢いよく燃えている。やがて羽釜《はがま》の厚い木の蓋の下から、泡が吹き出してきた。

おきよは慌てて竈の火を小さくしていく。

「今夜は栗御飯でしょ。それとヒラメの塩焼きにお味噌汁……吉蔵さん、喜んでくれるかしら」

佐世は、うっとりした顔で言う。

「吉蔵さんは栗が大好きですからね。ただし、美味しく炊けていたらの話ですけど……」

おきよは、さらりと嫌みを言うが、そんなことなど気にする佐世ではない。

「良かった、栗をお持ちして……私、味には自信があるんです。昨日一度家で試していますから」

佐世は自信満々だ。

「でもね佐世さん、あんまり遅くなってはお父上が心配なさるんじゃないですか……あとは私がやりますから、もうお帰りになった方が」

おきよは竈の火を落としながら言った。

「おきよさんはいじわるね。私をいつも追いかえすんだから……」

佐世は睨む。

「ご家族が心配なさっているんじゃないかと思ってのことですよ。お嫁入り前のお嬢様が、独り身の男の家の台所に立ったりしては、のちのち困ったことになるんじゃありませんか」

おきよの言葉に、佐世はつんとした顔でおきよを見た。

「私はね、佐世さまのことを案じて申しているのですよ」

「大丈夫です。吉蔵さんの顔を見たら帰りますから……それよりおきよさん、吉蔵さんから、親御さんの話を聞いたことはありますか」

佐世は尋ねる。

「母親は亡くなったって聞いていますよ、でも父親のことは聞いたことがありませんね」

おきよは佐世の相手をしながら、もう一つの竈で鰹節でだしをとり、次には豆腐を掌《てのひら》に載せて包丁で切って行く。

「おきよさん、まな板で切ればよろしいのに、掌では危ないでしょ」

佐世が目を丸くするが、おきよは笑って、

「ご存じないのですね。大奥をはじめ大名旗本の奥の女中になるには、この豆腐切りが上手くなくては奉公させて貰えないんですよ。こうして掌の上で賽の目にさっさっさっと切って、お鍋に投入する……ほら、掌はちっとも切れてないでしょ」

おきよは説明しながら、鍋の中に切った豆腐をさあっと入れた。

これには佐世も感心して、鍋の中を覗き、

「口惜しいけど流石《さすが》です。おきよさんはお旗本の坂崎家に長年奉公なさっていたのですものね」

可愛らしい笑顔を見せた。

「はい、台所を任されて長年おつとめいたしました。そろそろお暇を頂いて田舎に帰ろうかと考えていたところ、こちらの吉蔵さんの世話を殿様から申しつけられて……ああ、お味噌はこれぐらいね」

おきよは褒められてまんざらでもない顔で、佐世に教える。

「でも、おきよさん、それが良かったんじゃないかしら。田舎に帰っても、いまさらつまらないでしょ」

佐世の言葉に、おきよは苦笑した。

若い頃から坂崎家に奉公していたおきよは、一度も結婚していない。だから子供もいないし、いわばひとりぼっちだ。

坂崎の殿様からこの家の手助けをしてやってほしいと言われた時には、屋敷を追い出されるのかと悲しかったが、吉蔵と暮らし、吉蔵の世話をしているうちに、母親になったような気分になっている。

今では吉蔵が手柄を立てるのが楽しみだし、凧の店に出て、お客と話すのも楽しい。

だがそんな暮らしも、吉蔵が誰かと結婚するまでの話だ。この頃では、吉蔵が何時嫁を貰うなどと言い出すか、ひやひやしている。

だから佐世がたびたびこの家にやってくるのも、有り難い反面、おきよは警戒しているのだ。

佐世の父親は、吉蔵が十手を預かる旦那で菱田平八郎だ。

その菱田平八郎が、佐世がここに出入りしているのを咎めもせずに見ているのだから、吉蔵と深い関係になっても良いと納得しているとしか思えない。

佐世と吉蔵では身分も違うが、この頃では身分などものともせずに一緒になる若い者たちもいるのだから、油断はならない。

おきよが佐世に警戒心を抱くのは、そういうことなのだ。

「あっ、お帰りです」

佐世は、戸を開ける物音に気付いて駆けて行く。

吉蔵は、金平を連れて帰って来たが、佐世の姿を見て照れ笑いを浮かべた。

金平が佐世を、そして吉蔵の顔を見て、くすくす笑う。

「金平、何笑ってんだよ」

吉蔵は困惑顔だが、佐世の方はお構いなしだ。

「吉さん、栗御飯炊きましたから食べて下さいね」

早く早くと茶の間に誘う。

「金平、お前も食べて帰れ」

吉蔵は言った。

「へい、頂きますとも。栗御飯は何回でもいただきたいもの」

金平は、さっそく茶の間に行こうとする。

「あら、今年初めてじゃないの……何時食べたの?」

佐世は顔色を変えた。

「へい、先日、清五郎の親父さんの店でね、娘さんが炊いた栗御飯をご馳走になりやした。とても美味しかったです。今日は佐世さんが炊いた栗御飯を頂ける。どちらが美味しいか楽しみです」

「金平!」

吉蔵は慌てて金平を制したが遅かった。

「余所《よそ》の御飯と比べるなんて、いじわる」

佐世は膨《ふく》れ顔で茶の間に向かった。

「見ろ……」

吉蔵に睨まれて、

「へっへ、親分も大変でございますね」

金平は意味ありげに笑って頭を掻いた。


この日、松の実の女将とその亭主、そしてごん助長屋の連中たちが集まって、おみよの初七日の供養が行われた。

吉蔵たち三人が訪れた時には、長屋の連中は焼香を済ませて引き上げて行くところだった。

家の中に残っていたのは女将一人、仙太郎は白木の位牌の前で悄然《しょうぜん》として座っていた。

「親分さん……」

女将は吉蔵を出迎えると、

「仙太郎さんは、おふくろの敵はきっと討つって思い詰めて……」

困惑した顔で、位牌の前で座り続けている仙太郎をちらりと振り返った。吉蔵は頷くと、位牌の前に進み出て線香を上げた。清五郎と金平も線香を手向《たむ》けて、仙太郎と向き合った。

仙太郎は吉蔵たちに小さく頭を下げたが、幽鬼のような目を向けると、

「親分さん、下手人はまだ分からないのですか」

咎めるような口調で言った。

「今調べているところだが、仙太郎さんにも訊きてえことがある。話は二十年前のことだ。呉服問屋近江屋に押し込み強盗が入って皆殺しにされたという事件があった。ところがその後、生き残った者が三人いたということが分かったんだ。番頭の半兵衛、女中のおなつ、近江屋の養子だった仙之助……」

吉蔵は説明しながら仙太郎の顔を見るが、

「……………」

仙太郎は、特別の反応を見せるでもなく黙って畳の目を睨んでいる。吉蔵は説明を続けた。

「何故生き残りがいると分かったのか……それは、当時から呉服問屋の隣にあった扇子問屋の相模屋の番頭が、役人から言われて盗賊に殺された者の顔を一人一

人改めたからだ。殺された者の中に、三人の顔は無かったと言っている」

「……」

「仙太郎さん、亡くなったおふくろさんは、昔近江屋で女中をしていたらしいじゃねえか」

吉蔵は仙太郎をきっと見て、

「つまりだな、おふくろさんのおみよさんは、近江屋で女中をしていたおなつさんじゃねえのかい……また、近江屋に養子として育てられていた仙之助というのは、仙太郎さん、おめえさんのことじゃあねえんですかい……」

仙太郎は、動揺しているようだった。

すぐに返事は返ってこなかったが、吉蔵たちがじっと待っていると、仙太郎はやがて決心した顔を上げた。

「仙太郎さん……」

側で見守っていた女将が驚いて思わず声を掛ける。

女将だって初耳の話だ。声を掛けずにはいられないのだ。すると、

「おっしゃる通りです。私は近江屋の旦那に拾われて養子になった仙之助です。そして、おっかさんは、近江屋で女中をしていたおなつです」

仙太郎は観念した顔で言った。

吉蔵は大きく頷いた。そして清五郎に視線を送った。すると黙って見守っていた清五郎が口を開いた。

「するてえと、二人は名前を変えて暮らしてきた訳だが、盗賊に生き残りを知られちゃあまずい、そう思ったんだな」

「はい」

仙太郎は頷いて、

「あの夜のことは今でも忘れることが出来ません。一生忘れないでしょう」

仙太郎はそう前置きしてから、当夜押し込んで来た盗賊の残忍な様子を語った。

二十年前のその夜、仙太郎が仙之助と名乗っていた五歳の頃のこと、呉服問屋近江屋は、皆眠りについていた。

当時はおみよはおなつだった訳だが、主夫婦の身の回りの世話と、仙之助の守り役を担《にな》っていて、就寝の折には仙之助と同じ部屋で休んでいた。

ところが夜も四ツの鐘が鳴り終わってまもなくのこと、突然店の方で乱暴な物音がした。

おなつも仙之助もその音に気付いて身を起こしたその時だった。

「ぎゃー！」

奉公人の誰かの叫び声が聞こえた。

「かまわねえから殺しちまえ。生かしておけば、のちのち面倒なことになる」

恐ろしい言葉が聞こえて来た。

「強盗……」

おなつは咄嗟に口走り、

「ぼっちゃま、早く」

仙之助を強い力で引っ張ると、縁側に出て、庭に下り、縁の下に身を潜めた。

その間にも、人々の叫び声は絶えない。

「おっかさんの声だ……」

近江屋の内儀が殺される断末魔の声を聞いた時、仙之助は泣き出した。

「声を出しちゃ駄目！」

おなつは叱りつけ、仙之助の口を手で塞ぐと、自分の胸に強く抱きしめた。

仙之助は震えながら、おなつの胸にしがみ付いていた。

家の中の騒動がおさまっても、おなつは外に出ようとはしなかった。そのまま
じっと時を待った。

いつのまにかうとうとし始めた仙之助を、おなつは起こして、

「逃げましょ」

縁の下から這いずり出た。

外はまだ薄暗かった。泣き出した五歳の仙之助に、おなつは厳しい声で、

「ここにいては、何時命を狙われるか分かりません、さあ……」

おなつの強い言葉に促されて、仙之助は薄暗い道を走った。

素足だった。足の痛みは恐怖で感じなかったが、足がもつれて何度も転び、品川のおなつの伯母の家に飛び込んだ時には、二人の足は血まみれになっていた。

「その時から名を変えたんです。いつのまにか私たちは母と倅になっていました。恐怖を抱えて暮らす日々でしたから、心を寄せ合い、慰め合ううちに、自然にそうなったのだと思います」

仙太郎はそこで話を中断した。

「仙太郎さん、苦労したんだね。私はちっとも知りませんでしたよ」

少し離れて聞いていた女将が涙を拭う。

「今でも時々夢にみます。暗い道を駆けて駆けて、品川に走った時の恐怖を……

何度も後ろを振り返り、賊が追っかけてきているんじゃないかとおののいている

自分の姿を夢にみます。私は物心つくまで一人で寝ることが出来ませんでした。おなつにしがみ付いて寝ていたんです……」

「すると、この長屋に暮らし始めたのが八年前だと聞いているが、それまでずっと品川で暮らしていたのかね」

清五郎が静かな口調で尋ねる。

「はい、母の伯母が亡くなるまで品川で暮らしていました。十年前に伯母が亡くなったとき、私は十五歳になっていました。一人前の板前になって暮らしを立てたい、そう思うようになっていました。母に楽をさせたいと思ったのです。二年ほどはこの長屋ではなくて別の長屋で暮らしていましたが、女将さんのところで修業させていただけることになって、この長屋に引っ越してきたんです」

仙太郎は順序立てて話した。

するとすぐに女将が、進み出て言った。

「そうなんです。うちの店で修業を始めた八年前にこの長屋に空きが出て、それで引っ越して貰いました。おっかさんのおみよさんは、仙太郎さんが一人前になるまではと、ずっと寝る間も惜しんで仕立物の内職をしていたんですよ」

「ううっ」

金平が泣き出した。皆がはっとして金平の顔を見る。すると金平は照れ笑いを作り、

「あっしの母親も仕立物をして、あっしを育ててくれたんでさ……」

「母親とはありがてえものだ。身を粉《こ》にして子供のために働いてくれる。この世にたった一人、無条件に自分を支えてくれるのは母親だ」

清五郎もしみじみ言う。

吉蔵もふっと母親のことを思い出そうとするが、記憶に無かった。ある筈がないのだ。吉蔵の母親は、吉蔵が二、三歳の頃に亡くなっている。母親の顔も知らないむなしさは、時折吉蔵の胸に迫って来る。

それを思うと、捨て子だった仙太郎が、おみよの死を悲しみ、下手人に怒りを覚えて仇討ちをしたいと思うのは理解できる。

だが、侍でない限り、仇討ちなど許される筈もない。

「仙太郎さん、気持ちは分かるが、仇を討つなんてことは考えてはいけねえよ。今少し待ってくれ。探索は始まったばかりだ」

吉蔵は言った。すると、

「親分さん、私はおふくろが実の親じゃないからこそ敵を討ちたいんです。おふ

くろがいなかったら生きてはいなかった筈、母の恩に報いたい」

仙太郎の気持ちには強いものがあった。だが、

「仙太郎さん、まあ今少し待っていてくれませんか。長屋に押し入り、なぜおふくろさんを殺したのか、なんにも分かっちゃあいねえんだ。賊はひょっとして、おふくろさんではなくて、仙太郎さん、おめえさんの命目当てに押し入ったのかもしれませんぜ」

清五郎が厳しい顔で告げた。

一瞬仙太郎の顔が凍り付いたようになった。

「親父さんの言う通りだ。何故他の家ではなく、迷わずこの家を襲ったのか、それには訳がある筈だ。それが分かるまでは、仙太郎さん、おめえさんは不用意に外に出ないほうがいい。この長屋からしばらく離れて暮らした方が安全だ」

吉蔵は言った。

六

その日の夕刻のことだ。黒駒屋に菱田平八郎が前触れも無く現れた。

「これは旦那……」

店を閉めようとしていた吉蔵は、驚いて出迎えた。

「おきよさん、お茶を頼むよ！」

吉蔵が慌てておきよに声を掛けると、

「気を使わないでくれ」

平八郎は部屋にも上がらず、框に腰を据え、

「他でもない、あの懐剣のことで少し分かって来たことがあってな。それをお前さんに知らせておこうと思ったのだ」

お茶を運んで来たおきよに小さく頭を下げると、そう切り出した。

「ありがてえ、ずっと気になっていたところです」

吉蔵は言った。

「吉蔵、せんだってあの懐剣が、永井勝国作だと伝えたな」

「へい」

「勝国は刀鍛冶の工房を三田に持っていることが分かってな、三日前に三田に用があって出向いた時に、勝国の工房を訪ねてみたのだ。そして、あの懐剣を見せた」

吉蔵は頷いて平八郎の顔を見る。

「いったいこの懐剣は、どこから注文を受けて作ったものか、それが分かれば有り難い、殺しの下手人に繋がる品かもしれないのだと訳も話してな……力を貸してほしいと頼んだのだ」

吉蔵は頷く。

「で、その答えを今日の七ツ、貰ったのだ。吉蔵、あの懐剣は、上野国松田藩の上屋敷におさめた物らしいぞ」

「松田藩の上屋敷ですか……間違いありませんか？」

吉蔵は驚きの声を上げた。

馬の暴走で助けた侍、山下太一郎は松田藩の者だったからだ。

平八郎は頷いて、

「間違いない。刀の茎《なかご》には造った年月日と銘を刻んでいることは知っているな」

「へい」

「勝国はそれに加えて、茎に番号を入れてあったのだ」

「番号を？」

「そうだ。その番号は勝国の帳面に記されていて、どこに何時納めたのかすぐに分かるようにしてあるのだという。そこであの懐剣の茎にあった番号を照合した訳だ。すると、納めたのは二十五年前、松田藩の上屋敷、側室伊予《いよ》の方と記してあったようだ」

険しい顔で吉蔵を見た。

「旦那……それが本当なら、いや、間違いねえんでしょうが、そうすると、仙太郎さんの実のおふくろさんは、いったい何者だったのか……いや、おふくろさんだけじゃねえ。仙太郎さんは二十五年前に捨てられていたのを近江屋が拾って育てていたということですが……」

吉蔵は次の言葉を呑んだ。何か得体の知れない闇に、探りを入れているような気がしたのだ。

「うむ、その辺りを詳しく調べてみる必要があるな」

「確かに……どうも合点のいかないことだらけなんです。今日も仙太郎さんから二十年前に押し込み強盗に遭った話を聞き、おふくろさんを殺した下手人は、ひょっとして盗賊の一味かもしれねえと一瞬思ったんですが、しかし、二十年前の盗賊が、生き残りを今になって捜して襲うものだろうかと……」

「吉蔵、二十年前の盗賊は上方に逃げて、いまだ居場所も何も分かっちゃあいないんだ。そんな輩が二十年前に押し入った店に生き残りがいたと知って、わざわざ命を奪いにやって来るというのは、お前さんが考えている通り現実味が無い。そんなことをすれば町方に事件を思い起こさせることになる。やぶ蛇だ」

平八郎は苦笑した。吉蔵は頷くと、

「仙太郎さんと殺された母親については、懐剣のことも含めて謎ばかりなんです。まずは二人に絞って調べてみます」

「うむ、そうしてくれ」

平八郎は立ち上がった。そして、

「しかし見事なものだな、黒駒の凧は……」

店の棚にある黒駒の凧を手にとってながめながら、

「倅の圭次郎《けいじろう》が幼い頃には幾つも作らされた。ところがうまく揚がらないのだ。友達の凧はよく揚がるのにと、倅に泣かれて困ったことがあった」

懐かしそうに笑った。

「その圭次郎さまも今では見習いとして御奉行所におつとめになっている」

吉蔵は言った。

「いやいや、まだまだだ」

平八郎は苦笑する。

圭次郎は吉蔵と歳は変わらない。吉蔵の家になんだかんだとやって来る佐世は圭次郎の妹だ。

盆暮れの挨拶に組屋敷を訪ねた折には、圭次郎と会って話をすることもあるのだが、圭次郎は父親とは違って気が小さく、優しすぎるように思える。

圭次郎が父親のように廻り方で活躍するのはいつの日か分からないが、平八郎は倅の仕事への取り組みを見守りながら、自身の隠居の時期を考えているに違いない。

与力も同心も、父親が隠居しなければ、倅は何歳になっても見習いの身分のまだ。

平八郎は一枚張りの凧を、こっちを取って眺め、あっちを取って眺めしていたが、

「うん、これが良いな。組屋敷の者たちに見せびらかしてやろう。きっとびっくりするぞ」

楽しそうに笑って、懐から財布を取り出した。

「幾らだ？」

「旦那、代金を頂くなんてとんでもねえ。どうぞお持ち帰り下さいまし。そして組屋敷の皆さんに黒駒の凧の宣伝をお願いします。この江戸に黒駒の勇壮な凧が、あっちにもこっちにも揚がるのを楽しみにしているんです」

　吉蔵は笑って言った。


　翌日吉蔵は、清五郎と二人で新堀川沿いの龍念寺に赴いた。

　扇子問屋の番頭から、殺害された近江屋の者たちは龍念寺に埋葬された筈だと聞いていたからだ。

　その差配をしたのは、八王子に出張していて生き残った近江屋の番頭半兵衛だということも分かっている。

「思ったより広い境内だ……」

　清五郎は正門を入ると、本殿を奥に見て、樹木に囲まれて静かに佇む龍念寺の境内を見渡した。

　冬を迎えて早々に葉を落とした木々は、枯れ木のような幹と枝を冷たい風に晒しているが、そんな中にあっても、もみじだけは今が紅葉真っ盛りだ。

「親父さん、まずは庫裡《くり》に立ち寄って近江屋の墓地の場所を訊いてみますか」

吉蔵は清五郎と一緒に、石畳を踏んで奥に向かった。

すると、行く手の奥から箒を持った小僧が出て来た。

小僧は吉蔵たちにすぐに気付いて、剃ったばかりの青々とした坊主頭をぺこりと下げた。

吉蔵は小走りして近づくと、

「墓地は何処《どこ》だい、近江屋の者が眠っている墓地だが……」

小僧に訊いた。

「あちらです」

小僧は左手の林のむこうを指して、

「入り口までご案内します」

まだ十歳前後の小僧だが大人ぶった、そつの無い口調だ。

「それは助かる、ありがとう」

吉蔵は礼を述べた。

小僧は吉蔵と清五郎を墓地の入り口まで案内すると、

「近江屋の皆さんのお墓は、三筋目の通路を右に入った奥にあります」

そう告げて引き上げて言った。

吉蔵は小僧の後ろ姿を見送りながら苦笑した。自分はあの年頃には野山を駆けていた。牧の親方に叱られながら馬を追い回していたのだ。

「それにしても立派な墓が多いな」

清五郎が左右の墓を眺めながら呟いた。

広い一画に立派な墓石が立っていて、身分のある戒名《かいみょう》が刻まれている。中には人の背丈の倍もあるような墓石も見える。

「この寺は、名のある武家の菩提寺になっているようだ……」

清五郎がまた呟く。

二人は小僧に教えられた通り、三筋目の小さな通路に入った。すると、その通りではひときわ目立つ墓石の一群が目に入った。

それが小僧が教えてくれた近江屋の墓地だった。夫婦の墓石が真ん中にあって、廻りを囲むように奉公人たちの小ぶりの墓が立っている。

そのひとつひとつには、奉公人の名が刻まれていて、まるで戦《いくさ》で全滅した一族の墓のような様相を呈していた。

夫婦の墓にはむろんのことだが、小ぶりの墓にも黄色い菊が手向けられ、線香の燃えかすも残っていた。

「誰かが参っている……」

吉蔵は呟く。そして辺りを見回してみたが、墓地には自分たちの他には誰もいなかった。

二人は夫婦の墓石に手を合わせた。すると突然、手を合わせている自分たちの周りで、奉公人たちが叫んで訴えているような、そんな錯覚を覚えた。

「それにしてもひでえ話だな。こうして墓のひとつひとつを見ていると盗賊野郎に怒りが湧いてくる」

清五郎は言い、奉公人たちの墓を見渡して、

「すまねえな、お前さんたちの敵もとれてねえが、今度の事件だけは、きっちりと決着をつけてみせるぜ」

手を合わせて誓った。

「親父さん、住職に会ってみよう」

吉蔵は墓地を出ると、清五郎と庫裡に向かった。

応対に出て来た若い僧に住職に会いたい旨伝えると、住職は直《す》ぐに出て来た。

顔の色艶も良く健康そうな老住職だった。特に右小鼻にあるほくろが目立って

いた。これまで見たこともないような大きなほくろだった。

吉蔵の視線がほくろに向いているのに気付いた和尚は、はっはっと大声で笑って、

「皆わしのことを、ほくろ和尚と言っておるのじゃ」

親しみやすそうな顔になり、框に腰掛けるよう勧めてくれた。

吉蔵は身分を明かし、以前近江屋にいた者がこのたび殺されたことで探索をしているのだと説明すると、

「近江屋の者が、また災難に遭ったというのか……」

住職は顔を曇らせる。

「それでいろいろ調べているんですがね、なかなか下手人の見当もつかねえ。こちらに墓地があると聞いてやってきたんだが、近江屋の墓地に花を供えた者は誰か分かりますか」

吉蔵は尋ねた。

「近江屋の番頭だった半兵衛という人ですが、今殺されたと言ったのは誰のことですか」

住職は険しい顔で尋ねる。

「女中だった人です。近江屋ではおなつと名乗っていた……」

吉蔵は、おみよが殺害された状況を、ざっと説明した。

「そうか……女中のおなつさんがのう」

住職は呟いた。

――この住職は、二十年前の近江屋の惨事のことも、生き残りの人についても知っている。

吉蔵はそう思った。

「半兵衛さんは祥月命日《しょうつきめいにち》には必ずやって来て、墓地に花を供え、線香を手向けています。昨日もお参りしていましたな。近江屋の皆さんを埋葬したのは半兵衛さんですから、忘れようたって忘れられないでしょう。あれから二十年、半兵衛さんはほそぼそと身過ぎ世過ぎをしながら、亡くなった方々の供養をしてきたのです。生き残った者のつとめだといいましてな、自分だけ幸せになっては申し訳ないと所帯も持たずに過ごしてきた人です」

住職は言った。半兵衛にはいたく感心している様子だった。

「ご住職は、二十年前の事件をご存じのようですが、生き残った者の中に、近江屋の養子だった当時五歳の仙之助という子がいたんですが、何かその子について話を聞いたことがございますか」

　吉蔵は訊いた。

「さあて詳しいことは何も……」

　住職は思案の顔をして見せた。

　今日初めて会った岡っ引の若造に、檀家の内情を明かすのを躊躇《ちゅうちょ》しているのかと思ったが、

「ご住職、これだけは是非教えていただきたい。半兵衛さんの居所です。一度会って話を聞きたい」

　吉蔵は尋ねた。

「ああ、それなら……豊島町《としまちょう》の裏店で暮らしている筈です」

　住職はすぐに答えてくれた。

　吉蔵と清五郎は、礼を述べて踵を返した。

「お待ちを……」

　庫裡の敷居を跨いだ二人に、住職の声が飛んできた。

「そういえば、四十過ぎの女子《おなご》が一度墓参りにやって来ていたことがありましたな。あれは何時だったか、一年ぐらい前だったと思うが、墓の前で半兵衛さんと

立ち話をしていました。その様子が何か深刻な話をしているように見えたので、声を掛けるのをやめました。ひょっとしてあの時のあの女子が、近江屋の女中さんだった人かもしれませんな」

住職は言った。

七

吉蔵と清五郎は龍念寺を後にすると、まっすぐ豊島町の半兵衛が住んでいるという長屋を訪ねた。

だが、半兵衛は留守だった。

「半兵衛さんは絹物の仲買をしているようですよ。近隣の田舎を廻って買い付けしていてね、そんな時は留守の日が多いんです。でも今日は御府内の呉服店廻りだと言っていたから、夕方には帰ってきますよ」

教えてくれたのは隣家の女房だった。

「困ったな……」

吉蔵は、狭い裏店の通路を見渡した。長時間人を待つような場所は無い。

それに風が冷たかった。容赦なく長屋の路地を吹き抜けていく。

「親分さん、直ぐ近くに蕎麦屋も甘酒屋もありますよ。私の家で一服していただければ良いですが、造花の内職で部屋が塞がっていましてね」

女房は言った。

考えてみれば吉蔵たちは昼をまだ食べてはいなかった。昼八ツの鐘もとっくに鳴っている。

そう思った途端、吉蔵の腹が鳴った。女房がくすくす笑った。

「じゃあ、蕎麦でも食べて体を温めてくるか」

吉蔵は女房に笑みを返すと、清五郎と木戸を出て、近くの蕎麦屋に入った。

店には客はいなかった。閑散としていて、ここでも寒さが身に染みる。

「いらっしゃいませ」

注文を取りに出て来た爺さんが、これまた痩せて干からびたような男で、覇気がない。

注文する前から嫌な予感がした。

蕎麦はすぐに運ばれて来たが、

「この蕎麦、のびてら……」

清五郎は一口食べて不満を漏らした。今湯がいた蕎麦ではないなと思ったが、そんな不満を言ってはいられない。

「腹が空《す》いては戦はできねえっていいますから……」

二人は苦笑したが、腹が空いていたのであっという間に平らげていた。

「年寄り向きの蕎麦屋だな」

清五郎は笑ったが、すぐに真顔になって、

「吉さん、龍念寺の和尚だが、まだ何か躊躇《ためら》っているように見えたんだが……」

吉蔵に訊く。

「確かに……俺もそれは感じたところだが、今は番頭の半兵衛さんに会うことが先決だ。何か聞き出せるか、それにかかっている」

吉蔵の強い口調に、

「ちげえねえや」

清五郎は苦笑いを浮かべて言った。そして次には親父が倅に話を聞くような顔になって、

「それにしても吉さん、おめえさんはよく甲州の田舎から思い切って出て来たもんだな。しかも坂崎の殿様に見込まれて屋敷勤めをしていたのに、岡っ引になっ

た……あっしはね、金子の旦那から手を貸してほしいと言われた時に、吉さんの話を聞いて驚いたんだ。お屋敷にいれば殿様の引きもあったし、食っていくのに苦労はなかった筈だ。それなのに町場に出て来たというのは、お屋敷で何か辛いことでもあったのかい……」

出がらしのお茶を飲みながら言った。

「いや、こっちに出て来たのは、田舎には行き来するような親戚もいない身の上だったし、それに、黒駒の牧にあっしを預けてこの江戸に出て来た親父が、まだ生きてどこかで暮らしているんじゃねえかと思ってね」

吉蔵も湯飲みに手をやった。

「だがまだ会ってはいねえんだな」

清五郎は労《いたわ》るような目を向ける。

「どこにいるのか見当もつかねえ」

「なるほどな……で、親父さんの顔は覚えているのかい？」

「いや」

清五郎の問いに吉蔵は首を横に振り、

「まったく記憶にねえんだ。微《かす》かに覚えているのは、親父は凧揚げがうまかったことだ。夢の中に時々出て来るんだ、親父がね、広い野原に俺を連れて行って凧を揚げているんだ。ところが不思議なことに、凧は見えるが親父は背中しか見えねえ」

吉蔵は笑みを漏らした。

「そうだったのかい、それで腑に落ちたぜ。吉さん、おめえさんのその懐に持ち歩いている糸だが、親父さんが使っていた凧糸じゃねえのかい」

清五郎は言った。吉蔵は頷いて、懐から凧糸を取り出すと、

「世の中には父親が倅に何を残したこうしたと話を聞くが、俺の親父が残してくれたものは、この糸だけだ」

清五郎の手に渡して、

「ただ、この糸は少し変わっているんだ。ふつう凧の糸は綿で作るが、これは絹の糸をより合わせて作っているようだ。親父は凧には凝り性だったらしいが、そんな性格だったもんで身過ぎ世過ぎがうまくねえ。借金もあったんだろうな、村を追われるように出て行ったと牧の主が言っていた」

清五郎は話を聞きながら、まじまじと糸を見て、それから糸の先に付けてある鉛の玉を掌にぐっと握りこむと、投げる真似をして、

「この糸のお陰で、吉さんはけっして賊を逃がさねえ。てえしたもんだ」

清五郎は糸を吉蔵の手に返した。

「何が役に立つか分からねえもんだ」

吉蔵は笑って糸を懐に仕舞った。

「しかし、辛いことを訊いちまったな。すまねえ、年寄りの悪いところだ。ずっと気になっていたもんでね」

清五郎が決まり悪そうに頭を掻いた。

「なあに、辛いなんて気持ちは、とっくの昔に捨てちまった。江戸に出て来てもう四年になるんだ。今の俺には親父さんがいて金平がいて、おきよさんもいる。父親のことなんて忘れて暮らしているんだ。みんなには、ありがてえと思っている」

吉蔵は湯飲みに残っていたお茶を飲み干した。そしてふっと店の外に目をやったその時、

「親分さん！」

店の外から吉蔵を呼ぶ声が聞こえてきた。

長屋の女房が吉蔵を呼びながら駆けて来るのが見える。

「親父さん、半兵衛さんが帰ってきたようだ」

吉蔵は腰を上げた。急いで銭を払うと長屋に向かった。


「おなつさんが殺された……まことですか」

半兵衛は吉蔵からおみよと名乗っていたおなつが何者かに襲われたと伝えられると、血の気が引いた顔になって聞き返してきた。

丁度外から帰宅して、火鉢に火を熾《おこ》し、五徳に鉄瓶を掛け、食事の支度を始めたところだった。

薄闇が迫る台所で驚いた様子で吉蔵たちを見たその顔は、疲れもあるのだろうが、頬が瘦《こ》け、皺も深く、独り身の老年の侘《わび》しさを感ぜずにはいられない。

「どうぞ、そこじゃあなんだから、足も冷えます」

半兵衛は吉蔵たちに部屋に上がるよう勧めてくれたが、吉蔵と清五郎は上がり框に腰を下ろした。

さりげなく家の中に視線を遣った。部屋の隅に大風呂敷に包んだ商いの品が置いてあるが、老いた男の一人住まいだ。心がなごむようなものは何一つ家の中には見えなかった。

ただひとつ目立っていたのは、奥の部屋にある小さな仏壇だった。

吉蔵は半兵衛に顔を戻すと、

「何故夜中に襲われたのか謎ばかりで、下手人の見当もついてねえんです。初めはただの物盗りかと思っていたが、おみよさんが懐剣を後生大事に隠し持っていたことが分かって、謎は深くなりやした。また、仙太郎さんがそれより数日前に、川端で浪人に斬りつけられたことも、最初は辻斬りか、或いは人違いで斬りつけられたものかもしれねえなどと考えたこともありましたが、今になってみると、二つの事件は全て関連があるのかもしれねえと思うようになりました。仙太郎さん本人にも懐剣のことなど確かめてみたんだが、首を傾げるばかりで、嘘を言っているようにも思えねえ。そこで半兵衛さんなら知っているかもしれねえと訪ねて来たんですがね」

吉蔵の話し終えるのを待って、半兵衛は動揺した顔で尋ねた。

「仙之助さん、いや、仙太郎さんも襲われたというのですか」

「そうです。今日は龍念寺の和尚にも話を聞いてきたんだが、半兵衛さん、おめえさんはあの墓地で、おみよさんと会ったことがあるんじゃねえんですかい……いったい、おみよさんと仙太郎さんにどういう事情があったのか、話しては貰えませんか。次は仙太郎さんが命を狙われるかもしれねえんだ」

清五郎が険しい目で言った。

半兵衛は苦しそうな息を吐いた。すぐには答えられず迷っているように見えた。

清五郎は煙草入れを腰から引き抜くと、

「やらせて貰うよ」

半兵衛に断りを入れ、煙管《きせる》を出して煙草を詰めた。火を付けて、ゆっくり吸い始める。白い煙が一度、二度と立ち上った時、

「私の知っていることを話しましょう」

半兵衛は決心した顔を上げた。

吉蔵と清五郎は、半兵衛の顔を見詰めた。

「まず、近江屋について話しますと、数軒の大名家の御用達《ごようたし》でした。商いは順調でしたが、跡取りがいないことが主夫婦の悩みでした。そんなある日のことです。旦那様が赤子を抱いて帰ってきたんです。捨て子を拾ってきたと旦那様はおっしゃいまして、その子をすぐに養子として育て始めたんです。いずれどこからか養子を入れるだろうと思っておりましたので、奉公人たちも格別疑問を抱くことはなかったと思いますが、私は抱いて帰って来たお子が身に付けていた上物の絹の

着物を見て、捨て子とは思えませんでした」

吉蔵も清五郎も、息を呑んで耳を傾けている。

「旦那様から話があると呼ばれたのは、十日ほど経ってからでした……」

しかも近江屋夫婦に呼ばれたのは半兵衛一人だった。

「お前にだけは本当のことを話しておかねばならないと思ってね」

近江屋がそう切り出して告白した話は、半兵衛が微かに想像していたとはいえ、驚くべき内容だった。

拾って来た赤子だと奉公人たちに説明した仙之助の出自は、松田藩主敷島日向《しきしまひゅうが》守忠恒《のかみただつね》の側室腹に生まれた双子のうちの一人だというのであった。

藩では昔から双子は畜生《ちくしょう》腹として忌み嫌われていて、双子が生まれた時には、弟の方を手放すのだという。

特にこの日まで正妻の腹にも他の側室の腹にも男子誕生をみなかったことから、家老以下藩邸の者たちが、生まれた大切な跡継ぎが、立派に成長することを願ったのはいうまでもない。

その結果、双子の内の一人を捨て子として手放さなければならなかった。

そこで、拾い親を決めるにあたって、家臣の家にという話も出たのだが、それではのちのち跡目争いが起こりかねない。

家臣ではなく財力があって信用できる商人こそが最適だと談合の上決定、松田藩発足より御用達商人として上屋敷に出入りしている近江屋に白羽の矢が立ったのだ。

仙之助を上屋敷門前に捨てるその日のその時刻に、近江屋は待機していて、うやうやしく仙之助を授かったのだという。

「我が家の名誉、無事育て上げ、この店を継いでもらうつもりだ」

近江屋はその時、嬉しそうに言ったのである。

「ただ……」

近江屋はここでいったん言葉を切ったのち、上屋敷の仙之助の兄君に何か不都合があった時、他に跡目を継ぐ者がいない場合には、仙之助が継承者となることも心しておけと、松田藩から釘を刺されているのだということも半兵衛に説明した。

「大切な御子をお預かりし、しかも養子として育てることには多大な責任がある。また先ほども言ったが商人として名誉なことだ。この子には背負っている事情はいっさい知らせないまま育てなければならないのだ。一介の商人の跡取りとして育てるつもりだ。番頭さん、お前さんはよくよく心に止めておいてくれ。奉公人たちにもむろん内密にな」

近江屋の言葉には、店の前途を期待しながらも、重いものがあった。

そしてこのことは、どんなことがあっても他言無用、事情が漏れれば仙之助の命は狙われるかもしれない、半兵衛は主からそう言われたのだった。

「半兵衛さん……」

驚きながらも息を殺して聞いていた吉蔵が、半兵衛の話を止めて訊く。

「その折、懐剣の話は出て来ませんでしたか」

「ございました」

半兵衛は言った。

――やはり……。

と吉蔵は清五郎と顔を見合わせた。

「ご生母は伊予の方様と申されるのですが、その伊予の方様から下賜されたものだと……もちろん懐剣は、松田藩当主日向守忠恒様ご子息お印の品、これをもって証明するものだと御家老からも説明を受けたようです」

吉蔵と清五郎が頷くのを見て、半兵衛は話を続ける。

「仙之助様は順調に育ちまして、旦那様、おかみさま、そして私も胸をなで下ろしていたところでした。ご存じの通り近江屋は盗賊に入られまして大勢の者が殺されました。幸い私は出張していて助かりましたが、八王子の市から帰りましたら隣の扇子問屋の番頭さんが、殺された者たちの顔改《かおあらため》をしていたんです。旦那様、おかみさまが亡くなっているのを知り絶句しましたが、仙之助様のことを尋ねましたら、顔改した中にはいなかったと聞きました。女中のおなつさんと一緒に逃げたのだと思いましたが、二人の居所が分かったのは一年前です。一年前の命日に、龍念寺の墓地でおなつさんにばったり会って、どのような暮らしをしてきたのか、事情が分かったのです」

「ではその折に、どこに住まいしているのか、詳しい話を聞いたんだな」

清五郎が訊く。

「はい、親子のようにして暮らして来たことも、名前を変えて暮らして来たことも、全て盗賊から命を守るためだったと聞きました。今や偽名の方が馴れてしまったと笑っていましたが……」

「仙太郎さんが板前修業をしてきたことも？」

今度は吉蔵が訊く。

「聞きました。近江屋が潰れてしまったのですから、仙之助様の生きたいようにしてやりたかったんだと言っていました……ただ」

ここで半兵衛の顔は曇った。

「ただ？」

吉蔵は聞き返す。

半兵衛はひと呼吸おいて、

「ただ、なぜ松田藩上屋敷に駆け込まなかったのかと、私は厳しく言いました。おなつさんは守り役でした。それぐらいの才覚が無くてどうするんだと思ったんです。お屋敷に駆け込んでいれば、その後の暮らしも辛い目に遭うことはなかっただろうと……」

「ちょっと待った」

吉蔵は話を遮った。

「仙太郎さんが松田藩の人だと、おなつさんは知っていたんですかい……これまでの話では、それを知っていたのは、番頭さんの半兵衛さんだけじゃなかったんですか？」

「実は守り役として来てもらったのちに、口入れ屋から松田藩の女中をしていた人だと聞いていたんです。それで私は、一年前に墓地で会った時に問い詰めた訳です。そしたらおなつさんは、それは出来なかった、あの時松田藩に駆け込んでいたら、今頃仙之助様は亡き者になっていたかもしれないと言ったんです」

「妙な話じゃねえか、どういう事なんだ」

清五郎が訊いた。

この時、五徳に掛けていた鉄瓶の注ぎ口から、強い音を立てて湯気が上がった。

「少しお待ちを……」

半兵衛は立ち上がると、鉄瓶を下ろし、お茶を淹《い》れて吉蔵と清五郎に出してくれた。

「この長屋は古くて隙間風があって寒いんです。体が少しは温まりますよ」

そう言って自分も一口二口飲んだ後、湯飲み茶碗を下に置くと、吉蔵を、そして清五郎の顔を見た。

半兵衛は心を決めた険しい顔になっていた。

「墓地で私は、おなつさんから重大な告白を受けました。親分さんに仙之助様の命を守っていただきたい。だから話しましょう」

半兵衛の告白は、こういうものだった。

それは、仙之助が近江屋の養子になって二年、それまで仙之助は乳母に乳を飲ませてもらっていたのだが、乳離れの時期が近づき、今度は守り役が必要となったのだ。

口入れ屋は数人の女たちを送って来た。おなつはその中の一人だった。

そこでお内儀と一緒に半兵衛が女たちを見定めた訳だが、女たちの中でもおなつは飛び抜けて利口そうで、立ち居振る舞いも申し分なく、仙之助の守り役として最適だと、お内儀も半兵衛も思った。

その日からおなつは仙之助の守り役として近江屋で働くことになるのだが、実はおなつは、仙之助を産んだ伊予の方側の女中ではなくて、殿の寵愛を巡って何かと敵対関係にあった多岐《たき》の方付きの女中だったのだ。

多岐の方は、仙之助兄弟が生まれた一年後に、男児を出産していた。

仙之助の兄が病弱だったために、いざという時に仙之助が現れなければ自分が産んだ子が跡をとれる。

そう思った多岐の方は、おなつを仙之助の監視役として近江屋に送り込んだというのであった。

おなつは、仙之助の兄が身罷《みまか》った折には、即刻仙之助の命を奪わなければならない、そういう役目を担わされていたのである。

「だからおなつさんは、松田藩の屋敷には行けなかったのだと……」

半兵衛は言って吉蔵と清五郎を見た。

俄《にわか》には信じがたい話に、吉蔵は驚いて、

「すると、おなつさんは、刺客の一人だったんですか？」

「はい、私も龍念寺の墓地で告白されるまで知らなかったんです。驚きました。でもあの時、おなつさんは自分の命をかけて仙之助様を守りますと、近況の報告もかねて近江屋夫婦への誓いを立てるつもりで墓参りにやってきたようでした」

「ふう……」

複雑怪奇な話に吉蔵は思わず息を吐いた。

半兵衛は話を続けた。

「おなつさんは仙之助様と親子として暮らしていくうちに、本当の息子のように思えてきたと言っていました。それに、近江屋夫婦への恩もあるのだと、だから命をかけて仙之助様を守っていくんだと言っていました」

「するてえと、おみよ、いやおなつさんを殺したのは、その多岐の方の息の掛かった者かもしれねえな」

清五郎が言った。

「はい、私もそう思います。だから何もかも話したんです。今、松田藩上屋敷で何かのっぴきならない事が起こっているに違いありません。今の私に確かめるすべはありませんが、仙之助様の身を案じているんです」

半兵衛の話に、吉蔵は大きく頷き、

「手をつくして調べてみます。ただ、仙之助さんを全力で守るためには、仙之助さんに全てを話して納得してもらわなければならねえ。話すのは半兵衛さん、あんたの他にはいねえと思いますが……」

半兵衛の顔を吉蔵は、じっと見た。

「あっしも吉蔵さんと同じ考えです。生い立ちを正しく知ってこそ、覚悟も決意も出来るというもの。このままでは可哀想だ」

清五郎も言った。

八

吉蔵が、松田藩上屋敷を訪ねたのは翌日のことだった。

門番に名を名乗り、山下太一郎に会いたい旨伝えると、

「山下太一郎様……御納戸のお役の方だな」

中間は聞き返して来た。

「お役目は伺っておりません」

吉蔵は言った。

「伺ってないだと……お前は、本当に山下様を知っているのか？」

門番の目は胡散《うさん》臭い者を見る目になった。

「あの、私の名を伝えていただければご存じかと……」

「ふん」

門番はじろじろ吉蔵を見回したのち、

「しばしそこで待て」

門内の脇に設《しつら》えてある腰掛けを指した。

松田藩は三万石の大名だった。他の大名の上屋敷はどのようなものか知らないが、旗本坂崎家の屋敷に比べると、正門も、玄関に続く庭の様子も、落ち着いたそこはかとない威厳を感じた。

とりついでくれた中間が戻って来てからしばらくして、山下太一郎は小太りし

た体を揺すりながら小走りして出て来た。

「やあ、吉蔵さんと名を聞いて、あの時のあの人だと、すぐに思い出しましたよ」

人なつっこい顔で言い、

「ここではなんだから……」

と屋敷を振り返ってから、

「すぐ近くにしる粉屋があるんだ、そこで話を聞こう。しる粉は嫌いか？」

笑って訊く。

「いえ、甘い物は好きです」

吉蔵が答えると、太一郎はいそいそと先に立って外に出て、上屋敷の近くにあるしる粉屋に入った。

小綺麗な店で、入っているお客も上品な者が多いように思えた。

「あら、山下様」

すぐに店の女がにこにこして出て来て、小あがりの座敷に案内してくれた。

「後で御抹茶を……」

太一郎が告げると、女は笑顔で返事をして引き下がり、すぐに塗りの椀に入ったしる粉を運んで来た。

椀の蓋をとると、湯気《ゆげ》が上がってきた。ほのかな小豆《あずき》の香りがする。しる粉は、通常売っているそれとは違ってとろりとしていて、さいころの大きさに切った焼き餅が三つ入っている。見るからにコクがあって美味そうだった。また、しる粉の添え物として、小皿に千切りにした塩吹き昆布が載っているのも、なんとなく風流だった。

「うまいぞここのしる粉は……私は酒よりこっちが好きなんだ」

太一郎は吉蔵にも勧め、自分もすぐに箸を取った。

「うまい……この甘さは上品だ。餅も香ばしい」

思わず吉蔵は呟いた。

「だろ?……私が太っているのは、ここのしる粉のせいだ」

太一郎は、声を立てて笑った。

しる粉のような物は、とろみがあればある程、気を付けて食べなければ、うっかり喉を焼いたりする。

ところが太一郎は食べるのが速かった。あっという間に平らげると、

「私は早食いの質《たち》でな。いつも母から叱られていた、はしたない、お行儀が悪い

と……だがなかなか直らぬ」

　楽しそうにしゃべる太一郎に、吉蔵は親しみを感じた。

　しる粉の後は抹茶を頂いたが、太一郎はこれも飲み干すと、茶碗を置いて、

「すまんな、手数を掛けたんだろ。怪我人が出ていた事も知っている。そなたの処置には感謝している」

　真剣な顔で頭を下げた。太一郎はあの折と同じく丁重な物腰だった。

「醤油の樽が二つ壊れています。腕を怪我した者が一人、他に被害はございませんでした」

　吉蔵は言った。

「そうか、分かった、ほっとした。幾ら用意すれば良いのか言ってくれ」

「醤油樽が金一分と二百八十文、怪我の方は心付けで良いかと思います」

　吉蔵の報告に太一郎は安堵した顔で、

「そうか、それで本当に良いのか……いやいや助かった。万が一大事《おおごと》にでもなれば、今のお役も解かれるのではないかと案じていたのだ」

　いそいそと財布を取り出し、金二分と、そして別に一朱を懐紙に包んで吉蔵に渡した。

「二分は醤油代と迷惑を掛けたお詫びだ。そして一朱は薬代。そなたから渡してくれ」

「承知しました。それともうひとつ、教えていただきたい事があって参りました」

吉蔵は改めて膝を整えた。

「何だ、そんなに改まって……」

太一郎は怪訝な顔で吉蔵を見た。

「へい。今日お訪ねしたのは、醤油樽のこともあったのですが、本題は別のことでございまして……山下様は、上屋敷の奥のこと、側室の皆様やお世継ぎのことについて、何かお耳に入れておられますでしょうか……」

じっと見詰める。

「何を訊きたいのだ。私は奥のことなど何も知らぬ。いや、知っていても、そなたに話す筋合いは無い」

太一郎は心外なことを言うやつだという顔になった。

「ごもっともなお言葉です。私がお尋ねしたいのは、おそらく、お国を支えている核心部分の話でございます。今即座に山下様がお顔の色を変えたのも、そんな大事な話を岡っ引ごときに出来る訳がないじゃねえかと、そう思われたのでございましょう。よく分かります。しかし何も興味本位であっしもここに参ったのではございません。実は人ひとりが殺されまして、その人が松田藩に関わりのある人でございましたので、それでうかがったのです……」

「何……どういう人物だ？」

太一郎の目の色が一変した。頬の皮膚が一瞬固まったように見える。

吉蔵はおみよと名乗っていたおなつが殺された事件について告げた。

更に、この人物は二十五年前に松田藩の御用達だった商人近江屋に松田藩から託された、伊予の方の御子仙之助を倅として育てていたことも掻い摘まんで話した。

ただ、今は仙太郎と名乗っている仙之助が、松の実の板前であることは伏せた。

これから話を聞き出そうとしている目の前の山下太一郎が、仙之助の味方か敵か分からなかったからである。

吉蔵はここに来るまでに、松田藩出入りの御用達商人から、跡目相続で伊予の方と多岐の方が水面下で対立していることを聞き出している。

その対立の構図は、伊予の方側が江戸家老を中心とする一派で、多岐の方側が留守居役を中心とする一派だと教えてもらった。

ただ、何人かの重要な役目を担っている者の名は聞いたが、その中に山下太一郎の名は無かったのだ。

いくら御用達商人と言っても、派内の中堅や末端の者の名まで知る訳がない。

そこで吉蔵は、今日の面会についてはぶっつけ本番、その場で太一郎が仙太郎にとって敵か味方かを見極めねばならなかった。

太一郎の顔が、みるみる険しくなるのを吉蔵は見定めながら慎重に話を続ける。

「実は事件を探索していて分かったのですが、仙之助様の守り役として近江屋に入ったおなつという人は、あにはからんや多岐の方様が送り込んだ刺客だったんです。いざという時には、仙之助様の殺害を命じられた人だったんです。ところがおなつさんは、仙之助様を守って命を落としました。刺客は、次には仙之助様の命を狙うに違いない……となると、この一連の犯人はいったい誰なのか……」

「待て」

太一郎は吉蔵の話を遮った。

「その話、嘘偽りはないな」

吉蔵は、きっと見て頷いた。

太一郎はしばらく考えていたが、

「私は奥のことは良くは知らぬが、伊予の方様の御子が余所に出されたという噂は聞いている。その御子の名は、そなたの言う通り、仙之助様……」

「やはり……伊予の方様は永井勝国の懐剣をお印として仙之助様に持たせていましたが、その事もご存じで？」

吉蔵の言葉に、太一郎はますます驚いて、

「いや、そこまでは……懐剣の事までは知らなかった。吉蔵、その懐剣、永井勝国はあるのだな」

太一郎は念を押した。

「はい、おなつさんが大切に隠し持っていて、刺客には奪われておりません。今奉行所に保管されています」

太一郎は神妙な顔で頷くと、

「まさか、そんな恐ろしいことが行われていたとは……吉蔵、殿が仙之助様の居所を探していることは聞いている……ご無事で過ごされていることが分かれば、殿もどれほどお喜びになることか……いやこのことは、まずは御家老にお話しして……」

太一郎は、伊予の方派の家老の名を挙げた。

吉蔵の懸念は払拭された。この人は、少なくとも多岐の方派の人間ではなかったのだと内心ほっとして、

「御家老様に話していただけますか？」

吉蔵は膝を詰めた。

「むろんだ。私はそなたを信じている」

「おそれいりやす」

「吉蔵、これは他言無用にして貰いたいのだが、仙之助様の兄君が病弱でな、たびたび病の床についている。ご健康を祈っているのだが、先々のことを考えると藩士一同心許ない。そんなこともあって、跡目の問題は大きな懸念となっているのだ。とにかく仙之助様のお命が狙われるようなことがあってはならぬ。しかし、私にはどのようにすべきか今ここで判断は出来ぬし、おぬしに伝えることも出来ぬ。大事なことゆえ、まずは御家老に話したのちに、改めてそなたに連絡しよう。それまで仙之助様のお命、ご無事でいられるよう、そなた、気を配っていてはくれまいか」

太一郎は緊張した顔で言った。

「承知しました」

吉蔵は言った。

その日の午後、吉蔵は半兵衛を伴って松の実を訪ねた。

店は多忙な時刻だったが、出て来た女将に仙太郎に会いたい旨伝えると、女将は気持ちよく二人を小部屋に案内してくれた。

出してくれた茶を飲み、隣室の客の賑わいを聞き流しながら待っていると、

「ご免下さいませ」

女将が仙太郎と入って来た。

「お待たせして申し訳ございません。丁度立て込んでいる時刻でしたので……」

女将はそう言って仙太郎と並んで座ったが、本日は座を外して欲しいと頼んだ。

女将は頷いて退出して行った。

「よくまあご無事で……」

第一声を発したのは半兵衛だった。感無量の顔だ。

「番頭さん……番頭さんだね」

仙太郎も半兵衛の顔を見てすぐに思い出したらしく、驚愕して声を上げる。

「はい、番頭だった半兵衛でございます」

半兵衛は告げた。

二人はどちらともなく歩み寄った。そして膝を寄せ合い、手を取り合った。

仙太郎の瞳の中がゆらゆらと揺れている。

「苦労をなさったようですね」

半兵衛も言いながら、その瞳には熱い物がこみ上げているのが分かる。

「良かった……番頭さんは、きっと助かっていると思っていたんですが……」

「はい、私はあの翌日お店に帰りまして、惨状を目《ま》の当たりにいたしました。でも、おなつさんと仙之助様の姿が無かったのでほっとしておりました。翌日、皆様を菩提寺の龍念寺で葬送いたしまして、その後は、ほそぼそとお墓を守って暮らしてきたんですが……」

「父も、母も、じゃあそこに？」

「はい、奉公人の皆さんに囲まれるようにして枕を並べて……」

「ああ……」

仙太郎は顔を両手で覆って忍び泣く。

半兵衛も目を真っ赤にして涙を流している。吉蔵はじっと二人を見守った。や

がて仙太郎は涙をぬぐって、

「私は菩提寺を知らなかった。それに、近江屋とは縁の無いふりをして過ごしてきたものですから、一度も墓参りもしておりません。なんと親不孝な、不遜《ふそん》な倅か……」

「分かっていますよ、旦那様も、おかみさまも……仙之助様がお元気でお暮らしなのが、なによりの供養……この半兵衛も嬉しくて……」

二人はまた互いの両手を摑んで泣く。

だがまもなく半兵衛は、今日のこの機会に、仙之助様にお伝えしなければならない事があるのだと告げた。

「私に……」

仙太郎は、じっと半兵衛を見詰める。

「仙之助様のこと、そしておなつさんのこと、私の知り得る全てのことをお話ししておかなければと思いまして……老いた私が出来る最後のおつとめでございます」

半兵衛はそう告げると、松田藩から仙之助の養育を引き受けたいきさつ、そして守り役おなつに課せられていた役目を龍念寺で当のおなつ自身から聞いたことなど、一気に話した。

「嘘だ……私は近江屋に貰われて養子になったとは知っていたが、大名家に捨てられた者だったとは……しかも、おっかさんと呼んでいた人が、私に向けられた刺客だったなんて……そんな話、信じられる訳がない」

半兵衛の話を聞きながら自分の生い立ちを辿っていくうちに、仙太郎はどうしようもない苛立ちに駆られていくようだった。

「仙太郎さん、混乱する気持ちは分かるが、だがみんな、仙太郎さんを守ろうと力をつくして来たんじゃねえのかな。近江屋にわが子を託されたお母上だってそうだ」

「ふん」

仙太郎は吉蔵の言葉を遮った。

「それなら何故、命を狙われるんだ。次は私の命が狙われるかもしれないと言ったのは、親分さんじゃないか」

初めて見た仙太郎の挑戦的な表情に、吉蔵は驚きながらも、

「実はですね……それについては特別の事情があるようでして……」

吉蔵は、松田藩の山下太一郎から聞いた、お家の事情を話した。

だが、仙太郎はますます表情を険しくして、

「私は近江屋の生き残りで松田藩など関係ない。一度捨てた者を探しているとは呆れるばかりだ。強盗に遭う一年ほど前だったか、私は近江屋の奉公人から、捨て子だったと聞かされた。捨て子を拾って近江屋の両親は養子にしてくれたのだと聞いていた。その時の私の気持ちが、どんなものであったのか……親分さんには分かる筈が無い……」

吉蔵をきっと睨み、これまでの苦悩を吐き出すように言った。

それは確かに吉蔵などには分からない心の内に違いなかった。

宝物のように育ててくれた養親に感謝を感じるのに反して、実の親を憎み、恨み、自分の体に流れている血の源流はどこにあるのかという心許なさに泣いたのだと、仙太郎は胸に秘めていたものを告白し、

「子を捨てるような親のことなど考えたくもない話だ。二十五年前に捨てた子は、その時死んだのだ。兄が病がちだろうが、腹違いの弟がどうであろうと、関係ない話だ。吉蔵さん、先方にはそのように伝えてくれませんか」

仙太郎は、きっぱりと言った。

「分かりました、仙太郎さんの気持ち、伝えましょう。ただ、仙太郎さん、ひと

つあっしの話を聞いてもらえませんか。何、どうしろこうしろという話ではねえ、あっしの生い立ちの話です」

吉蔵は言って仙太郎を見た。

仙太郎は表情を動かすことなく座っている、話したければ勝手に話せ……仙太郎の冷たい頬は、そう言っていた。

「あっしは甲州の草深い貧しい家で生まれやした。おっかあはあっしが三歳の頃になくなりやしてね、しばらく父親の手で育てられたようですが、父親は身過ぎ世過ぎが苦手な人で、子供は足手まといと思ったんでしょう。あっしが五歳になると、知り合いの馬の牧の主にあっしを預けて、甲州を出て行ったんですが、それっきりです。一度も自分の倅のことを案じて文ひとつ寄越すこともありませんでした。今頃はどうしているのか、死んでいるのか生きているのか、それすら分かりません。あっしのことなど、もう忘れてしまっているに違いありません」

「………」

仙太郎は黙して座っている。表情は変わらないが、聞いているのは確かだった。

吉蔵は話を続けた。

牧に放り込まれた吉蔵は、馬の餌やりからはじまって、放牧した時の見張り、厩舎の糞の後片付け、主夫婦の間に生まれた女の子のおしめの洗濯と子守、朝から晩までこき使われたのだった。

文字は一町ほど離れたところにある寺の坊さんから教わったのだが、それも女の子を背中にせおってのことだ。

子供の吉蔵にとっては、辛い日々の連続だった。

十七歳になった時、運良く御用聞きとなった事で、新しい道が開けたが、それまでは自分ほど不幸せな人間はいないと思っていた。

「親に捨てられたも同然だったからな。でも……」

吉蔵はここで一度言葉を切った。そして仙太郎の顔を見詰めて言った。

「あっしは親を恨むより、親を慕う気持ちの方が強かった。貧乏な家に生まれ、貧乏に育っているからかもしれねえ。親の辛さが分かるような気がするんだ」

「……！」

ぴくりと仙太郎の頰が動いた。

「あっしの生い立ちなどつまらねえ話だが……仙太郎さん、仙太郎さんよりずっと大変な思いをして生きている人は、この世には五万といるということだ」

吉蔵がそう告げたその時、

「親分さん、金平さんがいらしてますよ」

女将が顔を出して告げた。

吉蔵は半兵衛たちを置いて小部屋を出た。

「親分、すぐに番屋に来てもらえませんか」

金平が頰を紅潮させて近づいて来て言った。

「何か分かったか」

吉蔵は訊く。金平はあれからずっと、おみよを襲った下手人について探索していたのだ。

「魚屋を待たせています。その魚屋は、仙太郎さんが住んでいた長屋を浪人に教えたようなんです」

金平は言った。

九

「吉さん、この男はこの辺り一帯を毎日棒手振《ぼてふ》りして歩いている、魚屋の田之助《たのすけ》です」

吉蔵たちが馬喰町の番屋に出向くと、待ち受けていた清五郎が、側に座らせた若い男を紹介した。

「田之助です」

魚屋はぺこりと頭を下げた。

「おまえさんは、この間殺しがあった仙太郎さんの家を浪人に教えたことがあると聞いたが、そりゃあ何時のことだい？」

早速吉蔵は訊いた。

「へい、確かあれは、おかみさんが殺される三日前じゃあねえかと思いやす。ばったり長屋の木戸近くで会いましてね」

「ばったりと言うと、以前にもその浪人に会ったことがあるのか？」

「あの浪人が住んでいる家にも、あっしは魚を売りに行っています」

「何だって……」

吉蔵は驚いた。

「顔見知りだったんです。それであっしに、ついこの間、仙之助という町人に世話になったことがあって、あとを尾《つ》けたら、この辺りで見失った。礼を言いたいのだが家が分からぬ。お前なら知っているのではないか……浪人はそう言ったんです。あっしはご丁寧にも、仙之助さんじゃなくて仙太郎さんじゃねえか、なんて名前の違いまで教えちまって」

田之助は沈んだ顔で言った。

「そうか、それでどの家か分かったんだな」

「申し訳ねえことでした。顔見知りだったものですから、つい信用して教えてやったんですが、その時は長屋を訪ねずに帰って行ったんです。あれっと思っていたら、三日後に仙太郎さんの長屋が襲われて、おっかさんが殺されたと聞きまして、あっしは肝を潰しました。まさかまさかと思いながら、番屋に届けるのも躊躇われて……だってあっしは襲った人は見てねえし、あっしが家を教えた浪人だとは限らねえ、などと勝手に理由をつけて……」

そんな思いを抱えながら悩んでいたところ、下手人の探索をしていた金平に会ったのだ。

誰か仙太郎の長屋を見知らぬ者に教えた者がいる、そんな話を聞いたことはないかと質《ただ》され、

「それであっしも、万が一のことを考えて話したんですが、親分、仙太郎さんの家を襲ったのは、本当に浪人だったんでございますか？」

田之助は、まだ半信半疑の様子だ。

「今のとこはな。仙太郎さんは一度浪人に襲われたことがあるのだ。痩せた総髪の浪人だ。その時、鈴の音を聞いたとも言っていたが」

「あっ……」

田之助は口を押さえた。みるみる顔が青ざめていく。

吉蔵はそれを見て、

「長屋を教えた浪人は、総髪だったんだな」

田之助は吉蔵に訊かれて、激しく何度も頷いてから、

「信じられねえ。あのご浪人は、上野国の人で、長い間浪人ぐらしをしているのだと言っておりやしたが」

「上野国だと……」

清五郎が訊く。

「へい。長い浪人ぐらしだが、ようやく運が向いてきたんだ、その折には鯛をもらおうなんて軽口を叩いていたんですが」

「吉さん……」

清五郎の目が鋭く光った。

「田之助と言ったな、その浪人の家はどこにあるのだ、教えてくれねえか」

吉蔵は、番屋の書役《かきやく》に半紙一枚と筆を貰うと、田之助に手渡した。

「浪人の家は、浜町堀に架かる千鳥橋から西の通りに入った坂町にあります。大通りから南の路地に入ったところです。古い仕舞屋《しもたや》で、浪人がそこに住むようになったのは、二月前だったと思います。いつだったか、遊び人風の人相の良くない男がいるのを見たことがあります」

神妙な顔で田之助は告げた。

「吉さん、助っ人を頼みますか……昔の仲間に言えば助けてくれますぜ」

清五郎は万が一を案じたようだ。見張りを立てるとなると、三人では心許ない。

「そうだな、その浪人が果たして松田藩の多岐の方と関わりがあるのかどうか、仙太郎さんの命を本当に狙っているのかどうか、証拠を摑むには張り込みは必要だ。親父さん、助っ人を頼みます」

吉蔵の言葉を受けて、清五郎は番屋から出て行った。

すると、田之助が言った。

「親分さん、あっしにも手伝わせて下さい。このままじゃあ寝覚めが悪い」

その日から吉蔵たちは交代で、坂町の仕舞屋を張り込むことになった。清五郎が昔の岡っ引仲間を二人連れてきてくれて、総勢五人が仕舞屋の向かいにある煮売屋の二階を拠点にして待機した。

煮売屋の女房の話では、浪人は良く惣菜を買いに来るということだったが、吉蔵たちが張り込みを始めてからは、浪人が店に来ることはなかった。

もっぱら遊び人風の男が、惣菜や酒を買いに来た。

「その浪人だが、月代《さかやき》は剃ってない、総髪だな」

吉蔵は女房に尋ねてみると、

「ええ、そうですよ、痩せた人で目が怖い」

女房は言って、ぶるっと体を震わせたが、

「無粋な人のようですが、あのご浪人は、腰に付けた印籠に鈴がついているんですよ」

くすくす笑った。

――仙太郎を襲った浪人に間違いない……。

吉蔵は、清五郎と顔を見合わせた。自分たちは肝心なところに来ているのだという実感があった。

交代で張り込んで三日目、吉蔵と金平が見張っていると、魚屋の田之助が浪人が住む仕舞屋に入って行くのが見えた。

「金平、田之助だ」

吉蔵が言った。

「大丈夫かな、あいつがドジ踏んだら、元も子もないんですから……」

案じながら待っていると、田之助はすぐに出て来た。

そして、吉蔵たちがいる煮売の店に商いで入って来たとみせて、二階に走り上がって来た。

「親分さん、これから出かけるらしいですぜ。だから今日は魚はいらねえって」

「よし、尾けるぞ」

吉蔵は立ち上がった。

「あっしもお供をしましょうか」

田之助が言う。

「まだ魚を売り切っていないじゃないか」

吉蔵は笑って返すと、向かいの仕舞屋から出て来た総髪の浪人を追った。

浪人は、急ぐでもなく、ゆっくりと歩いて浜町堀に出た。

一気に陽が落ちていく。だんだんと薄暗くなる堀沿いの道を、吉蔵と金平は、気付かれぬよう後を尾ける。

浪人は堀沿いにそって南に下ると、入江橋から西に折れ、竈《へっつい》河岸に踏み入れた。

俄にあちらこちらの店の軒行灯《のきあんどん》に、火がともりはじめる。

この辺りは昔吉原の内だったところで、今は河岸地には小料理屋や菓子屋、白粉《おしろい》屋などの商店がみえるが、なんとはなしにしめやかに感じるのは、この地の昔をいまだ感じるからかもしれない。

「親分……」

金平がむこうを指した。

そこには茶船が浮かんでいて、火が点っている。

浪人はその船に向かって歩き、そして辺りを用心深く見渡すと、すいと船の中に入った。

すぐにピタリと障子戸が閉められた。

「ちっ、誰と会っているんですかね」

金平が舌打ちしたその時、背後の物陰から声がした。

「吉蔵……」

振り返ると、誰かが陰から手招きしている。

吉蔵は、その陰に向かった。

「山下様……」

驚いたのは吉蔵だけではない。山下太一郎も驚いた様子で、

「まさかそなたが尾けて来た男が、あの船に乗り込むとは……」

「すると、山下様も……」

太一郎は頷いて、

「あの船の中にいる男は、わが藩の者だ。多岐の方側の者でな、御家老に命じられて監視していたのだ。今朝から様子がおかしいので見張っていた。そうしたら一刻ほど前に藩邸を出て、ここにやって来たのだ。まさか、そなたが追って来た浪人と会うとは……」

これではっきりした……太一郎はそう言ったが、

「ただし、密かに浪人と会っていた、それだけではどうにも出来ぬ。証拠を摑まねばの……」

険しい顔で船を見詰める。

「おっしゃる通りです。太一郎様、あの浪人は一度仙太郎さんを襲ったことが分かっています。このまま手を引くとは思えません。きっとまた、仙太郎さんの命を狙う」

「吉蔵、われらは今後も、尾けてきた男の監視は続けるつもりだ。そなたも、あの浪人の見張りを怠らずに頼みたい」

太一郎は言った。

十

仙太郎は、龍念寺の住職を訪ねていた。

賊に殺されたおみよは火葬して、今遺骨は身近に置いているが、四十九日の法要を終えたら、近江屋の墓地に他の奉公人と一緒に葬ってあげたい。

そこで住職に相談したのだ。

「承知いたしました。皆さんもきっと喜んで仲間に入れて下さるに違いない。万事、この和尚にお任せ下さいませ」

住職は言った。

「では……」

仙太郎は立ち上がった。

「お待ちを……」

住職が呼び止めた。

「この寺は松田藩の菩提寺です。近江屋さんのお墓は右側の通路の先ですが、左の広い通路を進みますと、敷島家代々の皆様方の墓所がございます。仙之助様の、ご先祖の墓所ですぞ」

「……」

仙太郎は何も答えなかった。

じっと住職の顔を見返したが、頭を下げると本殿を出た。

——私には敷島家など関係ない。私の実の父と母は近江屋の夫婦だ。そして、育ての親はおみよと名乗っていたおなつだ。

中央の大きな道を進みながら、仙太郎は何度も心の中で訴える。

「！……」

住職が言っていた左に折れる通路が見えた。左に折れれば敷島家の墓所、右の細い通路に入れば、近江屋の墓がある筈だ。

仙太郎は角で一瞬足を止めた。ふっと左足が左の通路に向いた。二、三歩……

いや、十歩ほど歩いたが、仙太郎は踵を返した。

そして近江屋の墓に向かって歩いて行く。

やがて、話に聞いていた墓の一群が目に入った。

「父様……母様……」

仙太郎は小走りして墓地に入る。

「やっとお参りができました。親不孝をお詫びいたします」

手を合わせて祈り、これまでの長い日々の暮らしの数々を両親の墓に報告する。

仙太郎の脳裏には、まるで宝物を扱うように、仙之助、仙之助と愛情を注いでくれた両親の姿が蘇る。

母は、毎年正月を迎えると、仙之助の足形手形を取って、神棚に供えて、

「仙之助が元気で育ちますよう、幸せになりますよう」

手を合わせて祈ってくれていた。

盗賊になにもかもめちゃくちゃにされて、残っているのは、あの懐剣だけだ。

しばらく祈りを続けたのち、仙太郎は背後を振り返った。

「……」

打ち並んで立っている墓を眺めて、ひとつひとつを確かめる。

亀之助《かめのすけ》……加兵衛《かへえ》……巳之吉《みのきち》……文字を読み、墓標を撫でるうちに、一人一人墓標を撫でるうちに、一人一人の顔が浮かんで来て、

「すまない……」

仙太郎は蹲《うずくま》った。

生き残っていることが罪のように思えて来たのだった。

その時だった。不穏な気配を感じて振り返った仙太郎は、自分に向かって総髪の浪人と、遊び人風の若い男二人が走って来るのを見た。

ぎょっとして立ち上がった仙太郎の目の前に、浪人たちは仙太郎を囲むように扇形に並んで立った。

「何だお前たちは！……何故私を狙う！」

仙太郎は言いながら、近江屋夫婦の墓の後ろに後ずさる。

「ふんっ」

総髪の浪人は一瞥《いちべつ》すると、冷たい笑いを見せながら刀を抜いた。

「お前には、死んでもらわねばならんのだ」

ずいと仙太郎の方に歩む。

ちりん……と鈴が鳴る。

仙太郎は、あっとなる。思い出したのだ。竪川で襲われた時、あの時は薄暗かったが、鈴の音がしたのを。

「何故だ、私を殺して何になる」

「うるさい！」

浪人が刀を振り上げたその瞬間、飛んで来た紐のようなものが刀を持った浪人の腕にくるくると巻き付くと、ぐいと引っ張られた。

「あぁっ」

浪人が叫ぶと同時に、引っ張られた方に、丸太ん棒のようにひっくり返った。

また、鈴が鳴った。鈴は腰から外れて転がり落ちたのだ。

「誰だ！」

飛んで来た物の方角を、遊び人たちが振り返る。

「親分さん！」

仙太郎が叫んだ。

総髪の浪人の腕に巻きついた糸を、力を込めて引き寄せながら、吉蔵が金平と足早にやって来た。

吉蔵が投げた糸の先には丸い鉛の塊がついていて、一度締め上げた糸は容易にはほどけない。

「野郎……」

遊び人風の男の一人が匕首《あいくち》を引き抜いて、吉蔵たちに向かって飛びかかった。

「金平！」

吉蔵は、右手を懐に入れると同時に、左手で総髪の浪人の腕を引っ張っている紐を金平に渡し、右手で取り出したもうひとつの糸を、突進してくる男目がけてびゅんと投げた。

紐は鞭《むち》のように伸び、男の足にくるくると巻き付いた。

「うわっ」

遊び人風の男は、足を引っ張られて横倒しに大きな音を立てて倒れた。手に持っていた匕首が吹っ飛んだ。

「ああ、俺は知らねえよ」

残るもう一人は後ずさりし、墓地の入り口目がけて走って逃げて行く。

だが、間を置かずして、その男は後ろ手に腕を締め上げられた格好で戻って来た。

男の腕を締め上げているのは清五郎だった。そしてその後ろから、菱田平八郎もやって来た。

「旦那……」

総髪の浪人に縄を掛けながら、吉蔵は平八郎を迎えた。

「危機一髪だったな。無事でよかった」

平八郎は、青い顔をした仙太郎に言った。

「この男は、竪川で私を襲ってきた浪人です」

仙太郎は、後ろ手に縛られて座らされた総髪の浪人を指した。

「仙太郎さん、この男は、松田藩の多岐の方一派から送られた刺客ですよ」

平八郎は告げた。

十一

この日、仙太郎はごん助長屋で、文机《ふづくえ》に置いた白木の位牌に手を合わせていた。

おみよと名乗っていたおなつの位牌だ。

おみよの命を奪い、仙太郎の命までも奪おうとした総髪の浪人が捕まり、北町奉行所で取り調べを受けたのち、松田藩に引き渡された経緯を報告しているのだった。

総髪の浪人は、昔松田藩の徒目付《かちめつけ》をしていた角谷九郎兵衛《かどやくろべえ》という人物だった。

ところがこの角谷、酔っ払って同僚と喧嘩の末、相手の腕を斬り落とした。

藩では喧嘩で抜刀するのは禁止されていた。むやみに命のやりとりをすることを、現藩主は強く禁じていたのだ。

しかも酔っ払っていたということが判明すると、角谷のお家は断絶、追放されてしまったのだった。

今から五年前の話らしいが、放逐された角谷は、この江戸で日傭取《ひようとり》をしながら浪人暮らしをしていたようだ。

そんな角谷の存在を知った多岐の方一派の者が、角谷に藩復帰をちらつかせて、仙之助抹殺を命じたようだ。

首謀者は多岐の方の父親、中老友近玄蕃《ともちかげんば》の用人で広川《ひろかわ》という人物だった。これは角谷が白状したようで、その先の調べは、これからである。

ただし、全て調べが終わった時、中老の友近がどのような処分を受けるのかは未定だ。

側室多岐の方にお裁きが及ぶのか、そうなれば仙之助の兄に不測の事態が起きた時には、仙之助と跡目相続を争うことになっている、多岐の方が産んだ男子はどうなるのか、まだ予断を許さない。

刺客事件はカタが付いたが、仙太郎はまだそういった緊張の中にいるのだった。

側では吉蔵と清五郎、そして半兵衛が仙太郎の苦悩の顔を見守っている。

長い祈りを終えた仙太郎は、見守ってくれている吉蔵たちに体を向けると頭を下げた。

「皆様のおかげで下手人を捕まえることが出来ました」

「ご無事でなによりでございました。半兵衛は話を聞いて肝を潰しました。吉蔵親分さんのお陰で、怪我もなかったと聞きました。旦那様もおかみさまも、あの世でほっとしている事でございましょう。いやいや、お二人だけでない、あの日枕を並べて死んで行った奉公人皆がほっとして、仙之助様のご無事を喜んでいるに違いありません」

半兵衛は、涙を流す。

「半兵衛……私は父母と奉公人たちのお墓の叫びを聞きました。出来うるならば、近江屋を再興できれば、それが最大の供養になるとは思いますが、なにしろ私は、呉服太物については何も知らない。両親にも奉公人たちにも、申し訳なく思っています」

「ぼっちゃま」

半兵衛が真剣な顔になっている。

「もし、もしですよ。近江屋再興を、ほんのちょっぴりでもお考えになったのなら、この半兵衛、命の限り、お手伝いをいたします。幸い今でも、絹の仕入れから何から縁は切れてはいないのです」

「半兵衛……それは無理だろうよ。知識も力も資金もないのだ。これからは板前として働いて、半兵衛に孝行しないとな」

「仙之助様……」

半兵衛は泣く。

吉蔵は、ただ見守るしかなかったが、どんな道を歩もうとも、幸せになってほしいものだと思っている。

「大変だ、親分、大変だ」

そこに金平が飛び込んで来た。

「なんだなんだ、騒々しいぞ」

振り返って、清五郎がたしなめた。

「親父さん、説教はあとにしてくれ。仙太郎さん、来たんだよ、御家老が」

金平は、背後を指す。

「何だって」

吉蔵も驚いて、仙太郎と顔を見合わせたその時、

「ごめん」

玄関に現れたのは太一郎だった。

「太一郎様、どうしてここが……」

吉蔵は驚いた。この場所を教えた覚えは無かったのだ。

「そなたの凧の店を訪ねたところ、金平が留守番をしていたのだ。それでここを案内して貰った」

「そういうことなんでさ、へい」

金平が言う。

「御家老もご一緒だ」

太一郎は振り返って、改まった顔で初老の武家を誘い入れた。

家老は痩せた小さな男で、足が不自由なのか杖《つえ》をついていた。

吉蔵たちは慌てて二人を座敷に上げた。

仙太郎だけは困惑して座っている。

「家老の酒井内蔵助《さかいくらのすけ》でございます。このたびはご無事でなにより、近江屋が賊に襲われた時から、密かにお探ししていたのですが混迷するばかりで、ただただご無事を祈っておりました。これまでのご苦労いっさい、子細はこの山下太一郎より聞いております。お守りすることが出来ず今日まで参りましたこと、この爺がお詫び申します」

内蔵助は頭を下げた。物腰は柔らかいが、顔を上げた時の家老酒井の目の色は深くて鋭い光を秘めているように見えた。

さすが大名家江戸上屋敷の御家老だと、全身からにじみ出る言うに言われぬものを吉蔵は感じていた。

「詫びなど無用、私は捨てられた人間です。気遣い無用にして下さい」

仙太郎は家老酒井に言った。その物言いは丁寧だが、吉蔵の耳には、そっけなく聞こえた。生まれて直ぐに養子に出されたことが心の奥にわだかまりとして残っているのだ。

「捨てられたなどと……殿もご生母の伊予の方様、そして兄君様もずっと心を痛めながら、仙之助様のご健勝を祈っていたのでございます」

「ふっ……」

仙太郎は笑って、

「捨てた者の命をどうして狙うのか合点がいきません。私は松田藩とは何の関わりもない人間です」

仙太郎の声音には、少しずつ怒りが含まれている。

「お気持ちは分からない訳ではございませんが、この爺は悲しゅうございます。そうしなければならなかったことはご存じの筈、伊予の方様がお耳に入れられたら、なんとお悲しみになられることか」

仙太郎は、ふっと顔を背けたが、改めて家老酒井に顔を向けると、

「それで、まさかここを引き払って上屋敷に移れ、などという話ではないでしょうね」

厳しい視線を向けて訊いた。

「おっしゃる通り、是非にもお願いしたくて参りました。兄君様のご容体芳しくありません。養親である近江屋夫婦も亡くなった今、仙之助様が御屋敷にお戻りなされば、殿をはじめ家臣一同、どれほど有り難く思うことか」

「それはできません」

仙太郎は、はっきりと打ち消した。

「兄様が病弱だとは吉蔵親分さんからも聞きました。しかし、もう一人男子はいる。私が出しゃばる必要はない。それが捨て子として養子に出した時の、松田藩と近江屋の約束だったのでは……」

きっと家老を見た。

「確かに……」

家老は頷いたが、

「しかし殿は、仙之助様をのぞんでおられる」

家老酒井は、弱々しく言った。すると、

「仙之助様……どうか御家老のお気持ち、殿のお気持ちをお察し下さい！」

太一郎も手をついたが、

「私が今こうして五体満足、元気で暮らしているのは、これまで私を育ててくれた人たちのお陰です。近江屋の両親にも、なんの恩も返してはいません。私は今は板前の修業中ですが、呉服商の能力があれば、まず第一にすべきは、近江屋の復興です。それが人の道ではないでしょうか」

いつの間に心を固めていたのか、仙太郎の言葉によどみは無かった。決心がにじみ出ていた。

「仙之助様……」

この言葉に驚き、思わず声を上げたのは、近江屋の番頭だった半兵衛である。

「分かりました。本日はこれで失礼いたします」

家老酒井は大きくため息をつくと、懐から紫の布に包んだ物を出して仙太郎の前に置いた。

「お母上様から預かってきたものです」

「！……」

仙太郎はしばらく見詰めていた。

吉蔵たちは息を呑んで見守っている。

「さあ……」

家老酒井に促されて、仙太郎は紫の布を払った。

「これは……」

一枚の半紙が入っていた。仙太郎はそれを取り上げて開いた。

「あっ」

小さく仙太郎は声を上げた。そしてじいっと見詰める。

「お方様が、仙之助様を養子に出された時の懐剣についてはご存じだと思いますが、実はその折、仙之助様のご無事ご健勝を祈るためにと、両手、両足の型をとっておかれたものです。お方様は毎日これをご覧になって、祈っておられた。それは奥の者なら誰でも見知っていることです」

家老酒井は説明する。

可愛らしい手と足の型を見詰める仙太郎の双眸《そうぼう》から、熱い涙があふれ出てきた。近江屋の両親も、自分の手と足の型をとってくれていたが、実の母もそうであったのかと思うと、自分が皆の祈りで生かされていることのありがたさを改めてかみしめたのだった。

顔も知らぬ産みの母の、深い愛情も、しみじみと知った。

「お方様もけっしてお体が丈夫ではございません。どうか一度お顔を見せてあげて下さいませ」

家老酒井は、ままならぬ体で太一郎の手を借りて立ち上がると、太一郎に手をとられるようにして帰って行った。

「仙之助様、良いのですか？」

半兵衛が、はらはらして質した。

「すみません、今日は一人にして下さい」

仙太郎は言った。


北風が枯れ葉を巻き上げて吹き抜けていく。

御府内は正月を間近に控えて、女も男も新年の準備に大わらわだ。そんな慌ただしい風景を尻目に、この初音の馬場は凧揚げの真っ最中だ。

普段は武家が馬を走らせているのだが、年末年始は町の子供たちのために凧揚げ広場と化す。

「やあい、どうだ、揚がったぞ。おいらの凧を見てみろ！」

「何言ってんだ、おいらの方が強くて速いぞ！」

大声を上げているのは、吉蔵の凧の店にやって来て、凧作りをしていた子供たちだ。

松吉、与一、万介——三人の子供ばかりではない。それぞれ父親がついてきているから、競い合いも激しい。

吉蔵は笑って見回すと、もう一団の凧揚げに目を遣った。

仙太郎と金平、それに太一郎が、なんだかんだと言い合いながら凧を揚げている。

金平が糸を担いで走って行くが、途中で蹴躓《けつまず》いて転んで、やんやの喝采を浴びている。

驚くべきことに、揚がっているのはほとんど黒駒の凧だ。空を走る馬は、一頭や二頭ではない。

俄に田舎で馬を追って暮らしていた頃を、吉蔵は思い出して苦笑する。

「吉さん」

呼ばれて振り向くと、襷を掛け、裁付袴《たっつけばかま》姿の佐世が近づいて来た。

佐世も、黒駒の凧を手にしている。

「佐世さん……」

勇ましい姿に、吉蔵は笑って迎えた。

「父上が頂いた凧です。ご近所の方に差し上げるとかなんとか言って、吉さんから頂いたようですが、自分が欲しかったのね。大事にとっておいているのを拝借して来たのよ」

佐世は明るく笑った。

「しかし、大丈夫かな、転ばないように気を付けて」

「平気よ、転んだって。誰よりも高く揚げるから、見ていて下さい」

佐世は金平や太一郎の方に足を向けたが、ふいに立ち止まって振り返ると、

「仙太郎さんを襲った角谷とかいう浪人、どうやら斬首されたそうですね」

そう告げて走って行った。

そのことは吉蔵も聞いている。

松田藩上屋敷では、多岐の方様厳重注意、そして父親の中老友近玄蕃はお役御免で減俸、永の蟄居《ちつきょ》。

また多岐の方派の頭目だった友近家の用人広川は斬首、他にも多岐の方派にいた侍たちはさまざまな罰を受けたようだ。

仙太郎はその知らせを太一郎から聞いている。

騒動がおさまった今、仙太郎が今後どうして行くのか、まだ聞いてはいない。

半兵衛は、仙太郎が近江屋を再興するのなら、命を賭しても尽力したいと言っていたが、

――はて、どうなるのか……。

いずれにしても、幸せになってもらいたいものだと吉蔵は思う。

吉蔵は、空を走る黒駒の一団に、そっと願いを込めて心の中で呟いた。
——おとっつぁん、どこにいるんだい。黒駒が見えてるだろ……。

第二話　やぶからしのおてい

一

柳原土手で甘酒屋を営むおていが煙草《たばこ》を燻《くゆ》らす姿は、妙に品があって、夜鷹《よたか》たちの憧れとなっている。

まもなく黄昏《たそがれ》時という頃に、掛け行灯《あんどん》の灯りを背にして土手に座り、薄闇の広がっていく空に紫煙《しえん》をゆっくりと吐き、これから商いを始める夜鷹たちが甘酒を求めてやって来るのを待つのである。

誰もが瞠目《どうもく》するのは、その手元である。おていが持つ煙管《きせる》は、火皿から吸い口まで全てギヤマンで出来ているのだ。

しかもその煙管全体を金色と薄紫色を刷《は》くように流した帯が、行灯の灯《ひ》を受けて艶やかな光彩を放っている。煙草を吸わない女でも手にしてみたい代物である。

その美しいギヤマンの煙管を、齢《よわい》五十の女とは思えない白い手で優雅に持ち、今この時が至福のひとときだというようにたしなむ様子は、これもまた夜鷹たちの憧れである。

しかしおていは、御府内に暮らす女たちの中でも最下位の、底辺も底辺の暮らしをしている夜鷹相手の甘酒屋にすぎない。

むろん通りすがりの者や、夜鷹を買いに来た男たちもお客には違いないが、おていの甘酒を求める者は、大半が夜鷹なのだ。

そんな輩《やから》を相手の甘酒屋が、上級の町の者とは誰も認めるわけも無く、自身もそれは分かっている筈なのだが、おていに卑屈なところは少しもみられないのだ。

「いいかい、いつかここから這い上がってみせる、負けるものかと胸に刻んで頑張るんだよ。あたしみたいにね、どんな目にあったって、へこたれちゃあいけないよ。この原にだって何処《どこ》にだってたくさん生えている、やぶからしって蔓草《つるくさ》があるだろ。引き抜こうとしても根っこが千切れて地中で生きている。そしてやがてそれが芽を出し繁殖し、藪《やぶ》を枯らしてしまうほどの力を持つようになるんだよ。あたしはそのやぶからしだってね、自分に言い聞かせるだけで強くなれるんだ」

おていの口癖だが、夜鷹たちにとっては、この言葉は生きる力になっているのだ。

「おていさん、甘酒頂戴……」

「寒い寒い、お正月は過ぎたけど、春はまだまだ先だもの」

おていが一服を終えると、夜鷹が一人二人と姿を見せた。

早々にやって来たのは、おつなという女と、おなみという女だった。

おていは立ち上がって、二人に甘酒を湯飲みに入れて渡してやる。

「ああ、あったかい……」

両掌で湯飲み茶碗を包むように持った女の顔は、夜鷹というより、一杯の甘酒を心の底から楽しむ、どこにでもいる慎ましやかな女の顔だ。

違っているのは、少し化粧が濃いことだろうが、夜目に顔を際立たせるためには仕方のないことなのだ。

おていは、美味しそうに甘酒を啜《すす》る二人を見ていたが、

「おつなちゃん、もっと口紅を赤くしたほうがいいよ」

懐から掌《てのひら》ほどの長方形の手鏡を取り出して、おつなに渡した。手鏡は鉄製のもので裏側には唐草文様が施《ほどこ》してあり、誰でも手に出来る代物ではない。

おつなは受けとってちらりと自分の顔を映して見る。だがすぐにおていに返し

て、

「紅が切れちゃったのよ。稼がなきゃ買えやしない」

笑いながら言った。

おつなは、まもなく四十になろうとする女で、病に伏せる母親の介護をしている。

「そうか、切れたのか……」

おていは呟いて、甘酒を啜るおつなを見ていたが、巾着袋《きんちゃく》に手を入れてまさぐり、貝紅を取り出すと、

「上げるよ、まだ半分は残ってる」

おつなの手に握らせた。

「いいの？」

おつなは声をはずませて訊く。

「いいよ、あたしはこの歳だから、紅はひかなくたっていいんだ。あたしが勝負するのは、この甘酒だからね。でもあんたは、男の目を惹かなくちゃあ商いにならないんだから」

「おていさん……」

おつなは涙ぐんだ。

「馬鹿だねえ、泣いたら化粧が崩れちまうじゃないか」

おていは苦笑した。

すると今度は、おなみが手を合わせた。

「おていさん、今晩も、お願い」

おなみは、甘酒を買いに来た男を、自分に世話してほしいと言ったのだ。

おていはここで甘酒を売りながら、夜鷹たちが一文でも多く稼げるように手助けしているのだった。

この柳原土手にも吉原と同じように、牛太郎《ぎゆうたろう》と呼ばれる男がいて、道行く男に自分がお勧めの夜鷹を紹介したり、その夜鷹が暴力をふるわれたり難くせをつけられたり、さまざまな被害に遭わぬよう見張ってもいる。

それで日銭を稼いでいるのだが、おなみのようにおていに頼む女もいる。おていは牛太郎のように仲介料はとらないからだ。

甘酒を買ってくれればそれで良いのだ。また、夜鷹に手を貸す動機は、金儲けの為ではなく、早く夜鷹から足を洗えるよう願ってのことなのだ。

「分かった、任しときな」

おていは笑って、ぽんとおなみの肩を叩いたが、ふと思い出して、

「そりゃあそうと、おはつさんは今日も休んでいるのかい」

二人の顔を代わる代わる見る。

おはつという夜鷹も、おていが気に掛けている女で、亡くなった亭主との間に出来た男の子を育てながら、昼間は下駄の鼻緒を作る内職をして、夕方からは子供を寝かしつけたあと夜鷹をやって日銭を稼いでいるのだった。

「子供が病気だとか言っていたから……」

おなみは言った。

「そう、子供がね……」

おていは案じ顔だ。

「きっとまた出て来ますよ、ごちそうさま」

夜鷹二人は、飲み干して空になった湯飲み茶碗をおていに渡すと、四文を払って、薄闇の中に消えていった。

甘酒の相場は一杯八文だが、おていは夜鷹には半分の四文しか取らない。

それじゃあ商いにならないだろうと思うだろうが、どっこい、おていは夜鷹以外の人間からは一杯十二文貰っている。

だいたいこれで夜鷹に割り引きした分は、帳消しになるのである。

おていは二人を見送ると、また煙管を取り出して刻み煙草を詰め、火を付け、うまそうに吸い始めた。

その時だった。誰かが近づいて来る気配を感じたおていは、背後を振り返った。

「親分さん……」

おていは、嬉しそうな声を出した。

近づいて来たのは、見回りを終えた吉蔵《きちぞう》と手下の金平《きんぺい》だった。

去年の暮れのことだ。ごろつきのような男が、甘酒に虫が入っているのなんのと喚《わめ》きちらし、銭は払えねえなどと、おていを困らせていたことがあった。

丁度通りかかった吉蔵が男を叱りつけ、二度と今日のようなことを仕出かしたら番屋にしょっ引くぞと脅しを掛けて帰らせたが、おていと親しくなったのはそれからだ。

近くを通りかかったら、吉蔵は必ず立ち寄っている。

母親が生きていれば、これくらいの年頃かと思えば、親しみもひとしおだ。

「おていさん、やってるね」

吉蔵は近づくと、煙管を持って煙草を吸う真似をし、おていの手元をちらと見た。

「はい、たった今手が空いたものですからね」

おていは笑って言った。

「そうか、せっかく一服つけているのに悪いが、甘酒を二つくれねえか」

「おやすい御用です」

おていは、ぽんと煙草の灰を下に落とすと、煙管を荷箱に渡した板の上に置いてから、湯飲み茶碗に甘酒を注いだ。

「ふうん……」

吉蔵は、甘酒を待ちながらギヤマンの煙管を取り、じっくりと眺める。

「しかし豪奢《ごうしゃ》なものだな、こんな煙管は見たことがねえ」

吉蔵がそう言えば、

「まったくだ、あっしもギヤマンの煙管を見るのは初めてでさ。しかしおていさん、これは高かったんじゃないの?」

おていに訊きながら、吉蔵の手にある煙管を取り、まじまじと見た金平が、

「これ、特注ですよね」

顔を上げておていを見た。

「そうだよ」

おていは笑いながら二人に甘酒を渡すと、金平から煙管を受け取り、

「まさかあたしを疑っているんじゃないでしょうね、親分さん。これは正真正銘、私が注文して作ったものなんですからね。誤解しないで下さいよ。確かに今じゃあしがない甘酒売りですけど、私にも、こんな贅沢な煙管を作る余裕のある暮らしがあったんですよ」

おていは、灯りの中に煙管を翳《かざ》した。

ギヤマン独特の透き通ったように見える煙管の肌に、金色と薄紫色の帯が流れていて、妖艶な色合いに映っている。

「分かってますよ。なにしろおていさんは、やぶからしの女だと、夜鷹にも言い、自分にも言い聞かせているぐらいだ」

吉蔵がからかいぎみに言うと、

「へえ、やぶからしって何ですか。聞きたいものだね、おていさんの昔……こんな美しい煙管を特注できる暮らしをしていた頃のことを……」

金平は言って、吉蔵に同意を求めた。

するとと吉蔵も頷いて言った。

「確かに、ずっと気になっていたんだ。おていさんは、どういう暮らし方をしてきたのかなってね。甘酒を飲みたいって気持ちもあったんだが、本当は、その珍しい煙管が見たくてね」

おていは声を出して笑った。そして、

「いいですよ、お話ししましょう」

ギヤマンの煙管に、きざみ煙草を詰めながら言った。


「八年前から私はこの商いをしているのですが、それまでは米沢町で奈良茶漬けの店を営《いとな》んでおりました……」

おていは、煙草を燻らせながら話し始めた。

店は小体《こてい》なものだったが、場所が繁華な所で、客の入りは良く、高い地代や家賃を払っても、独り身のおていには十分な収益を手にすることが出来た。

板前は源造《げんぞう》という五十がらみの男が一人、おなかという小女《こおんな》が一人、それとおていの三人でお客を捌《さば》いていた。

源造は深川の人で、おていの店に来る直前まで永代寺ちかくの料理屋で板前をしていたから、腕は一流だったし、おなかは目黒の百姓家の娘だったが、真面目で気働きが出来て、お客の評判も良かった。

おていは二人に、他の店より二割方高い給金を渡していたが、このままうまく店を営むことが出来たなら、老後の心配もあるまいと思っていた。

ギヤマンの煙管を作ったのも、そんな頃だった。

「どんなに金がかかってもいい。誰も持ってないような煙管を作ってほしいと頼んで出来上がったのが、この煙管なんですよ」

おていは話の途中で、そう言って煙管をかざして見せ、話を継いだ。

おていの人生が掌をひっくり返すように奈落の底につき落とされたのは、そんなある日のことだった。

巾着切りに有り金をすられてしまった、持ち金はないが、奈良茶漬けを一杯食べさせてくれないかと、若い男が入って来た。これが不幸の始まりだった。

確かに見るからに憔悴《しょうすい》しきっていて、顔は青白く、生気の無い目の色をして、今にも倒れるのではないかと思える風情だった。

「女将《おかみ》さん」

板前の源造は、追い出せ、相手にするなと、目で合図してくれたし、おなかも怯《おび》えているのが分かったが、おていは仏心を出してしまった。

女一人店を持って立派に生き抜いている自分に酔っていたのかもしれない。行き倒れのような男一人に、奈良茶漬け一杯恵んでやったとて、店がどうなる訳じゃない。そう自分に言い聞かせていた。

高みに立っているのが女の自分で、哀れな一文無しが男だというその形にも、悪い気はしなかった。

おていは、奈良茶漬けを振る舞ってやった。

男は喉を鳴らして、奈良茶漬けをかき込んだ。そして腹を満たした男は、

「女将さん、あっしに何でも用事を言いつけてくだせえ。茶漬けの代金を働いて返したい」

おていに頭を下げたのだ。

――悪い人じゃないんだ。

おていは男を信じて施してやったことは間違っていなかったと嬉しかった。

しかも良く見ると、鼻筋の通ったいい男である。おていを見るその目が、どことなく暗い過去を背負っているように見えるのも、おていの心をくすぐった。

男の名は巳之助《みのすけ》。生国は美濃だが、天涯孤独で、上方で暮らしたこともあるのだが、やはり江戸でひと旗あげたいとやって来たらしい。

おていは、巳之助の話を聞き終わると、雇い入れることを伝えた。すぐに近くの裏店も借りてやる。布団一式用意してやる。火鉢や鉄瓶なども店の物を運んでやる。

おていが先に立って、男一人なんとか暮らせるようにしてやったのだ。巳之助は、薪を割ったり、野菜や魚を仕入れに行ったりと、源造の手助けをさせていたのだが、おていの目には目先の見える働き者に見えたのだった。

そのおていの好意が愛情に変わったのは、店を閉めたのち、巳之助に渡してやろうと思いながら忘れていた肌着を届けた時だった。

「着替えは沢山あった方がいいでしょ。汗臭い下着を着ていては、お客さんに嫌な顔をされるかもしれませんからね」

肌着を置いて店に戻ろうとしたおていの手を、巳之助はぐいと握ると、いきなり抱き寄せて口を吸ったのだ。

その日から店を閉めると、おていは巳之助の長屋に通うことになった。店にはおなかがいる。自分の店で、巳之助に抱かれることは出来なかった。

やがて、巳之助の態度が豹変《ひょうへん》していく。源造の言いつけを聞かなくなる、そればかりか口出しをするようになった。

不満に思った源造は、まもなく店を辞めて行った。そしておなかも店を去った。巳之助は長屋を引き払って店に移って来て、源造のかわりに板場に立ったが、お客は日を追うごとに少なくなった。

——こんな暮らし方をしていては、店を潰《つぶ》してしまう。

なんとかしなければと焦りに駆られていたその時、巳之助はおていの留守に、おていが貯めていた三百両余の金を盗んで出て行ったのだった。

「ふう……」

おていはそこまで話すと絶念のため息をつき、吉蔵たちに苦笑してみせると、その時の怒りをぶつけるように、煙管の灰を叩き落とした。

「そうか、それで店は潰れたのか」

吉蔵は言った。

いつもの勢いのあるおていの表情が、ほんの一瞬、歪んだのを吉蔵は見た。

「馬鹿だったんだよ、あの男は、最初から私を鴨と見ていたんだ。鴨が葱《ねぎ》しょってやってくる、なんてことわざがあるけど、私のことだね、笑っちゃうよ」

おていは笑った。苦い笑いだった。

「その男とは、その後、会ってはいないのかい」

吉蔵は訊く。

「会いたくもないね。恨み辛みを男にぶつける自分は見たくないんだよ。男に騙されたのも自分の責任、源造さんの忠告を聞いておけば良かったのに、今考えるとのぼせていたんだろうね、男にね。私、男にあんなにのぼせたのは、初めてだったんだもの」

おていは、ふふふと笑った。自嘲しているような笑いだった。

「おていさん……」

吉蔵は声を掛けるが次の言葉が出てこない。

おていは、吉蔵と金平の顔を、まじまじと見て、

「二人はまだ若いし女じゃないから分からないでしょうが、今思えば、女が四十も過ぎた時、どこかタガが外れることがあるんだね。タガを外して男に狂った結果がこれさ。そんな私だからだろうね、この柳原で夜鷹までして必死に生きている女たちを愛おしいと思うんだよ。男に体を売ってるのだって、快楽や自分のためじゃない。ほとんどの女が、家族の暮らしを支えるためにやってるんだ。命がけだなって思うんですよ。だから手助けしてやりたい。私のように馬鹿な道を選ばないで、ここから抜けだして、幸せになってほしいって……それが今の私の生

き甲斐なんだよ」

「おていさん、本当にその男をもう恨んではいないんですかい？」

金平は、おていの顔を見た。おていは苦笑して、

「恨んでないと言ったら嘘になるけど、恨めば自分が惨めになるから、だからもういいの」

おていは、手にある煙管を腰に挟んでいる手ぬぐいで優しく拭きまわし、帯に付けている煙管入れにそっとおさめた。

「私の間抜けな人生を、ずっと見守ってくれたのがこの煙管なんですよ」

おていは笑って立ち上がった。

甘酒の釜の火かげんを確かめる。金平はその背を目で追いながら、

「しかし親分、その男は捕まれば獄門じゃないですか。あっしだったら許せねえな。どんなことをしても居場所をつきとめて、番屋につき出してやるんだが」

声を荒らげた。

二

「どれがいいの……早くしなさい」

母親は倅《せがれ》を急かして、

「すみません、お手間をとらせまして……」

見守っている吉蔵に頭を下げた。

母に連れられてやって来た五歳ほどの男の子が、どの黒駒《くろこま》の凧《たこ》にするか決めかねている様子である。

どれを見たって黒駒の絵に違いないのだが、男の子は天翔《か》ける黒駒のたてがみに特に気をとられている様子だった。

「おっかさん、見てごらんよ。みんな同じに見えるけど、よく見るとたてがみが違うんだ。おいらは、たてがみがびゅうんと強く靡《なび》いているのが欲しいんだ」

男の子は興奮して言った。

もうすっかり黒駒に囲まれて、一緒に空を飛んでいるような気分になっているのだ。

母親は、やれやれという顔で、

「今年のお正月は武者《むしゃ》凧を買ってあげていたんです。そしたら初音《はつね》の馬場で沢山の黒駒の凧を見て、どうしてもこちらの凧がほしいんだって駄々をこねるものですからね」

そんな愚痴をこぼしながらも、息子が凧に夢中になっている姿を愛おしそうに見ているのだ。

「有り難いことです。こちらに遠慮はいりません。じっくり選んでくださいやし」

吉蔵は笑って言ったが、棚に飾ってある一枚張りの黒駒の凧を取り上げ、

「ぼっちゃん、これはどうだろう……見てごらん、この馬のたてがみは、他の馬より勢い良く伸びているぞ」

男の子に見せた。

じっと見詰めた男の子の目が、次第に心を決めた目の色になって行く。そして、こくんと頷いた。

「ようし、これでいいんだな。他の黒駒に負けないように揚げてみてくれ」

吉蔵は、男の子の肩をとんと叩くと、母親に視線を投げて頷いた。

「ありがとうございました」

二人が帰って行くのを見送ってほっとしたところに、おきよが出て来た。

「吉さん、ちょっといいかしら」

　おきよは、難しい顔をしている。おきよがそんな顔をするのは、吉蔵に苦言を呈する時だ。

「なんですか」

　吉蔵は顔を向けた。

「昨夜話していた夜鷹のことです。吉さんは、おていさんとかいう甘酒売りにいたく感心しているようだけど、そんな場所に、捕り物でもないのに、たびたび立ち寄るのもどうかと思いましてね」

　おきよは、側に来て座った。その座り方も、旗本の女中をしていたせいか、きちんと膝小僧を揃える。しかも座る時に着物の裾も整えるようにするから隙が無い。

「何か不都合なことでもあるんですか……」

　吉蔵は訊いた。

「だって、お役目とはいえ、そんなところに度々出入りしていては、最後には夜鷹の手練手管にふぬけにされてしまいやしないかと……これは老婆心ですが」

　おきよの顔ははぐらかしの効かない真剣なものだ。

「おきよさん、そんなことは心配ご無用です」

吉蔵は笑った。

すると、おきよは機嫌を悪くしたらしく、

「若い男の人はね、何時《いつ》どんな誘惑に、ふっと心が動くかわかったもんじゃありませんから。私は吉さんの母親代わりだと思って言っているんですから」

おきよは立ち上がった。

「分かっています。ご忠告、肝《きも》に銘じて……」

吉蔵は言った。

おきよはそれで、台所の方に引きあげて行った。

――ふう……。

吉蔵はため息をついた。

昨夜食後にお茶を飲みながら、おていたちの話をしたのがいけなかったようだ。

おていはおきよと変わらぬ年頃だから、ギヤマンの煙管を持つ女に興味を持つかと思ったが、おきよの頭の中では、夜鷹のことが気になったようだ。

吉蔵は苦笑して爪作りにかかったが、板の間に座るやいなや、

「黒駒の親分さんでございやすね」

大工の法被《はっぴ》を着た男が入って来た。走って来たらしく汗まみれだ。

「そうだ、黒駒の吉蔵だ」

吉蔵が答えると、

「こ、こ、殺しです。親分さんに知らせてほしいって、金平ってぇ下っ引から頼まれやして」

「何だと、金平が」

「へい、あ、新《あたら》し橋の近くです。土手の下です」

「分かった、ありがとよ」

吉蔵は奥の部屋に走ると、神棚に供えてある十手《じって》を摑んだ。


「親分」

新し橋の近くの土手で、金平が手を振っている。小者数人の姿も見える。

「おう」

吉蔵は、橋の袂《たもと》に垣根を作っている野次馬を押し分けて土手に下りた。

「この男です。胸を刺されたようですね」

金平は、足元に仰向けに転がっている死体を指して言った。

年の頃は四十近いかと思われるが、瘦せた体に無精髭、月代《さかやき》もごまのように毛が生え始めていて、自堕落な暮らしぶりが窺《うかが》えた。

吉蔵は、金平が示した胸元を見た。

「確かに……匕首《あいくち》か懐剣か……包丁ではないな、この傷跡は……」

呟きながら所持品を探ってみるが、

「この男の巾着です」

金平が、吉蔵の目の前に、薄汚ない巾着をぶら下げて見せた。

「文銭がたったの五枚、入っていました」

吉蔵は頷いて、

「物盗りではないな」

そう言って立ち上がったその時、

「吉さん、遅くなりやした」

やって来たのは、清五郎《せいごろう》と同心菱田《ひしだ》平八郎《へいはちろう》だった。

「旦那……」

ご覧になってくださいと吉蔵に促され、

「うむ……」

平八郎は清五郎と死人の顔を確かめた。だがすぐに首を捻った。

「どこかで見た覚えがある」

清五郎も頷いている。

「本当ですか、いつ頃のことですか」

吉蔵が尋ねたその時、清五郎は思い出したようだ。

「分かった、こやつは人足寄場《よせば》送りになった……」

と口走るが、名前が出てこない。清五郎は額《ひたい》を拳《こぶし》でこんこんと叩いていたが、

「思い出せねえ」

ついに諦めたその時、

「そうだ、丑松《うしまつ》じゃないか」

平八郎が声を上げた。

「確かに丑松だ。三年前に北町がお縄にした男だが、大番屋で無実だ何だと暴れ出して、こいつをお縄にした銀次《ぎんじ》ってえ岡っ引が、黙らせるのに苦労したんだ」

清五郎は言った。

「三年前にお縄になった男か……」

吉蔵は呟く。

「丁度あの時、あっしが捕まえた巾着切りも大番屋送りになっていたんだ。それ

でその巾着切りの様子を見に行ったら、この男が暴れていたって訳でね、それで覚えているんだ」

　清五郎がそう言えば、今度は平八郎が、

「御奉行所の白洲《しらす》でも、与力に向かって無実だと喚いていたな。往生際の悪い男で、それで私のような丑松召し捕りに関係ない同心たちも、この男の顔を覚えていたんだ」

　苦笑して丑松の顔を見下ろす。

「しかしこの丑松という男は、何をして捕まったんですか」

　吉蔵は訊く。

「金をくすねたのだ」

　清五郎が言った。

「金を……」

「建具屋の奉公人だったんだが、注文を受けて入った家の違い棚にあった手文庫から、一両をくすねたんだ。他の者は誰一人その部屋に入ってないんだと、その家の女房が訴え出て捕まったんだ。ところがこの丑松はやっていねえの一点ばりで……」

「でも親父さん、人足寄場送りになったということは、証拠があったんでしょ」

話を聞いていた金平が訊く。

「もちろん。手文庫に入れてあった紙入れも無くなっていて、その紙入れが、この丑松の長屋から出て来たんだ。動かぬ証拠をつきつけられて、ついには白状したって訳だが、盗んだ金が一両だったことから人足寄場送りになったというのだ」

「ちまちました野郎だぜ」

金平は、吐き捨てるように言い、

「でも、こんなチンピラ野郎でも殺しは殺し、下手人は捜さなきゃならねえ」

気乗りのしない顔で言う。

「親父さん、一度銀次とかいう仲間に、この男を憎んでいた者はいねえか訊いてみた方がいいな」

吉蔵は清五郎に言った。

「確かに……任せてくれ」

清五郎は頷くと、すぐにその場を離れて銀次に会いに行った。

「よし、わしはこの男と人足寄場を出て来た輩を調べてみるか。金平、おまえ、一緒に来るんだ」

平八郎は金平を連れて奉行所に向かった。

吉蔵は、死体をいったん番屋に運ぶよう小者に言いつけると、土手から橋の袂に向かった。

野次馬も一人二人と去って行く。だが、一人だけ死体の方に目を遣ったまま立ちすくんでいる男がいた。

吉蔵が近づくと、

「あの、親分さんでございますね」

おそるおそる訊いて来た。身なりは船頭のようだ。

「そうだが、あの殺しのことで何か知っているのか？」

吉蔵は、戸板で番屋に運ばれて行く丑松の死体に視線を投げた。

「へい、実はあっしは猪牙船《ちょき》の船頭でございやすが、昨夜この神田川を通りかかった時に、土手で喧嘩をしているのを見たんでございやすよ」

船頭は言った。

「なんだって、詳しく話してくれねえか」

「へい……あれは六ツ半ぐらいだったと思いやす。柳橋にお客を待たせていたものですから、急いでいて詳しく見届けた訳じゃあねえんですが、薄闇の土手で二人の男が一人の男をかわるがわる殴っておりやして……」

「二人の男が一人をかわるがわる殴っていた？……」

吉蔵の目がきらりと光る。

「へい、でも殴られていたのが、あの死んだ男かどうか、そこまでは分かりませんし」

「ふうむ、するてぇと、三人とも人相風体までは分からなかった……そういうことか」

「へい」

船頭は思案しながら、そう言った。

「そうか、じゃあ何か耳にしたことはなかったのかい……殴り合いながら、どんなことを口に出していたかってことだがね」

吉蔵は尋ねる。

「何をしゃべっていたかですね……」

船頭は少し考えてから、

「そう言えば、誰が叫んだのかは分かりませんが――ミノ、てめえ、許せねえ

——そう言ったような」

「ミノ、てめえ、許せねえ」

吉蔵は復唱した。

「へい、そのように聞こえました。何かの手がかりになりますか？」

「なるともよ、ありがてえ。ところでおめえさんの名前は……」

吉蔵の問いかけに船頭は、

「あっしは昌平橋近くの湯島一丁目に住む松之助《まつのすけ》と申しやす。猪牙はあっしの船で、仕事は柳橋の船宿『三沢屋《みさわや》』から貰っておりやす」

律儀な顔で言い、頭を下げた。

三

三日後、吉蔵は金平と二人で深川に向かった。

平八郎の旦那が、丑松と石川島の人足寄場を出て来た者を調べたところ、女が一人、男は丑松を入れて五人いたことが分かったのだ。

平八郎の旦那は、その者たちの名を記した走り書きを金平に持たせて、吉蔵に教えてくれたのだった。

女は女郎あがりの、おいねという者で、丑松とは石川島でも言葉を交わしたことはなかったようだ。

後の四人は、浪人の七之助《しちのすけ》、百姓の万造《まんぞう》、博打打ちの寛太《かんた》、そして刃傷沙汰で島に送られていた島八《しまはち》だった。

一人一人当たってみたが、七之助、万造、寛太の三人は、丑松が殺された時刻に出かけてはいなかった。

それぞれの知人や同居人がそれを証言して、疑いは晴れた。ただ一人残った島八だけは、まだ疑いは晴れてはいない。

島八は石川島から帰って来たのちは、深川で佃煮の店を出している伯母の家に居候《いそうろう》しているようだが、丑松が殺された晩、伯母の家にはいなかったことが分かっている。

最初に伯母の家に行った時に、伯母がそう言ったのだ。

「何か悪いことをまたしたんなら、お縄にしてもらって結構です。あたしゃ、あの子に手を焼いているんです。妹の倅だと思って引き取ってはいますが、店は手伝わないし、金は持ち出すし、あの晩も、どうせ博打でも打ちに行ったんだろうと思いますよ」

伯母は甥っ子の島八に手を焼いているようだった。また何かしでかすんじゃないかとはらはらしている様子だ。

だから今日深川に行くのは二度目だが、島八が下手人かもしれない、吉蔵はそう思い始めていた。

なにしろこれまで御赦免になった三人の男を調べてみたが、丑松を殺すような人物はいなかったし、あの晩に出かけてはいなかった。

また、清五郎が岡っ引仲間の銀次に話を聞いているが、昔の仲間で丑松を殺すような動機を持った者は見当たらないということだった。

島八の伯母は、近所の女を一人雇って、二人で佃煮を煮ているのだ。

小体な店で、自分の店でも売っているが、八割は近隣の煮売り屋などに託して売りさばいていた。

家は深川の材木町、横町を入った所に二階屋が建っているが、それが島八の伯母の家だった。

表側は横町の通りで、裏が空き地になっている。

吉蔵は金平と横町に入るや、

「金平、お前は家の裏手に回っていてくれ。万が一、島八が裏手に逃げるかもしれねえ」

吉蔵はそう告げると、金平が家の後ろの空き地に走るのを見届けてから、店の中に入った。

「ごめんよ」

「あっ」

伯母は、吉蔵の顔を見て、ぎょっとした表情を見せた。

その驚きように、

「島八がいるだろう」

吉蔵は踏みこんだ。

「は、はい」

伯母は、緊張した顔で頷いた。

「すまないが、ここに呼んでくれねえか」

吉蔵は、二階に上がる階段をちらと見る。

伯母は強《こわ》ばった顔で頷くと、階段の下から、

「島八、お客さんだよ！」

大声で呼んだ。

すると突然、裏手で大きな声と音がした。

――裏に飛んだな……。

吉蔵は急いで裏手に走った。

すると、金平と島八がつかみ合ってもみ合っているのが見えた。

だが次の一瞬、島八は金平を殴って自分を掴んでいた手を引き剝がすと、空き地を出ようと走った。

――いけねえ！

吉蔵は、懐から鉛をつけた凧糸を摑み出すと、びゅんと投げた。島八の右足に、糸がぐるぐると巻き付いて、

「あっ」

島八は、どさりと枯れ草の上に転んだ。

「野郎！」

金平が再び飛びかかる。

「えいえい、神妙にしろ」

金平は島八の腕を捻ると、

「手間を掛けるんじゃねえよ」

島八の頭を、ばつんと殴った。

「ちくしょう、なんで俺が縄を掛けられなきゃならねえんだよ。何をしたって言うんだ」

島八は叫んだ。

家の裏手から、伯母が案じ顔でこちらを見ている。

吉蔵は島八の側にしゃがみこむと、

「お前と一緒に御赦免になって人足寄場から帰って来た丑松が殺されたんだぞ」

厳しい口調で言った。

「えっ、丑松が……いつなんだ？」

島八は聞き返して来た。

「四日前の夜だ。神田川に架かる新し橋近くの土手で殺されていた」

「なんてついてねえ野郎だ……」

島八は狼狽《ろうばい》している。哀れむ言葉も嘘ではなさそうだと吉蔵は見た。

「おまえさんじゃねえんだな」

吉蔵は念を押す。

「冗談じゃねえや。四日前の晩なら俺は女のところにしけこんでいたんだ。永代寺の近くにいる女だ。調べてもらえれば分かることだ。第一、俺は丑松とは島で一番仲が良かったんだぜ。島ではこき使われてよ、手当てはスズメの涙しかくれねえ。貯めてはいたが、岡場所の女郎を買えば、三度で終わりだ。そんなはした金、御赦免になったって何が出来るというんだよ。丑松は、俺にこう言っていたんだ。金がなくちゃあ何も出来ねえ。俺が金を摑んだら、おめえにも分けてやらあってね」

怒りにまかせるように島八は言う。

「いい加減なことを言うんじゃねえよ」

金平は、ぱちんと島八の頭を叩いた。

「金平」

吉蔵は金平を制して、

「それじゃあ訊くが、丑松を殺した下手人に心当たりは……」

島八の顔をじっと見た。

「わからん、本当だ。俺じゃねえよ！」

島八は叫んだ。

丑松殺しは下手人を絞り込めないばかりか、手がかりのないまま数日が過ぎた。

「足が棒になるまで探せ……なんて昔からいうんだが、これだけ探し回っても、なんにも出てこないんだから、どうしようもねえ」

清五郎が愚痴をこぼすのも無理はない。

吉蔵たちはあれから新し橋近辺の草むらを何度も調べたが、殺しに繋がるようなものは何も出てこなかったのだ。

「親父さん、この近くに美味い甘酒を出す屋台がある。一杯どうですか？」

吉蔵は清五郎を誘った。

清五郎は今年の正月で還暦を迎えた。流石《さすが》に寄る年波には勝てないらしく、金平のように四方八方に走って探索するのは難しくなっている。

だが、清五郎が補佐してくれていることは、吉蔵にとってはどれほど心強いものかしれない。

その清五郎に、やぶからしのおていを紹介したかったのだ。

「いただきやす」

清五郎は嬉しそうな顔をした。

「行こう、柳原の土手の内だ」

吉蔵は、清五郎を連れて、おていが店を出している柳原土手に向かった。だが、

「あれ……出てないな」

吉蔵は立ち止まった。

「おかしいな」

辺りを見渡しながら土手を下りた。すると突然吹きつけてくる冷たい風にさらされた。

まもなく如月《きさらぎ》を迎える。土手にある梅の木には、ちらほらと咲き始めた白い花が見えるが、土手の原にはまだ草の芽吹く気配は無い。

まだ冷たく寂しい原を吉蔵はもう一度見渡した。やはりおていの姿はどこにもなかった。

「親父さん、すまねえ。今日は休んでいるようだ」

清五郎に詫びを入れて引き返そうとしたその時、

「親分さん……」

吉蔵を呼ぶ声がした。振り向くと、夜鷹が二人近づいて来た。見たことのある顔だった。おなみとおつなだった。

「おていさんは休んでるよ、もう五日ぐらい、ずっと休んでる」

おなみが言った。

「珍しいな、年中休みなしだと言っていたのに」

「そうなんですよ。ひょっとして風邪でもひいて寝込んでいるかもしれないとあたしは思ったんだけど、この人が言うのには、いや、そうではなくて、おはつさんに何かのっぴきならないことがあって、それでおていさんは、おはつさんちに行っているんじゃないかって言うんだよ」

おなみは、おつなの顔を見て言う。

「おはつというのは……」

吉蔵は聞き返した。はじめて聞く名前だった。

「おはつさんも、半月前までここで夜鷹をしていたんだよ。だけども、子供の具合が悪いんだとか言ってね、休むようになったんだ。そしたらおていさんが心配してさ、なんでもおはつさんを見ていると、昔手放した娘を思い出すって言ってさ」

「おていさんに娘がいたのか」

吉蔵は意外だった。そんな話を聞いたことは一度もなかったのだ。

「私たちもつい最近聞いたんだよ」

おなみは笑った。

「とにかく、おはつさんのこと、人一倍心配していたんだ。だからあたしは、おていさんは、おはつさんの長屋に行っているんじゃないかって思っているの」

おつなは言った。

「そうか、おはつさんか……長屋は遠いのか？」

念のために訊いてみた。

「いいや、直《す》ぐ近くさ、大和町代地にある長屋だと聞いてるよ」

吉蔵はおはつの住まいを聞くと、柳原の土手を後にした。

するとそこに金平が走って近づいて来た。

「やっぱりここでしたか」

金平は、深川の島八が、丑松が殺された晩に入り浸っていたという女の証言をとるために調べていたのだ。

「どうだった、とれたか」

息を切らしている金平に尋ねると、

「へい、おすえという岡場所の女でした。間違いねえ事がわかりやした。宿の女将も証言しました」

　金平は言った。

「ご苦労だったな」

　清五郎は金平を労《ねぎら》うと、その顔を吉蔵に向けた。

「吉さん、あっしは明日、平八郎の旦那の許可をいただいて、人足寄場に行ってみます。何もでねえかもしれねえが、念のためだ」

「親父さん、無理はしねえでくれ。親父さんは、ああした方がいい、こうした方がいいと、あっしと金平に指図してくれたらいいんだから」

　吉蔵が笑って言った。すると、

「馬鹿いっちゃあいけねえ。あっしは吉さん、おめえさんの手下として働いているんだ。動けるうちに、おめえさんにあっしが学んだ捕り物のこと全てを伝えたいと思っているんだ。だがな、探索の指図は、吉さん、おめえさんの役目だぜ」

　清五郎はそう告げると、

「じゃあ、今日はあっしはこれで」

　手をひょいと上げて、帰って行った。

　去って行く清五郎の背は、心なしか曲がって老いこんでいるように見えた。

「親父さんも歳だな」

金平が言った。

四

吉蔵と金平が、夜鷹から聞いた大和町代地の、おはつが暮らす長屋に立ち寄ったのは翌日のことだった。

弱々しい陽が長屋の路地に落ちていて人影も無い。

「どの家ですかね」

金平が言ったその時、近くの家の戸が開いて、四十がらみの女房が出て来た。

「おはつさんの家はどこだい？」

金平が尋ねると、

「おはつさんの家……」

長屋の女房は怪訝《けげん》な顔をして聞き返して来た。

「住んでいるんだろ、この長屋に……」

金平が訊く。

「ええまあ、でもいったい、おはつさんが何をしたっていうのさ」

女房は挑むような視線を送って来た。吉蔵たちが捕り物に携《たずさ》わっている者だと察したようだ。

「いやいや、そういう話で来たんじゃねえんだ。子供さんが具合が悪いって聞いたもんだから寄ってみたんだ。見舞いだよ」

吉蔵がそう言うと、女房はほっとした顔で、

「そこだよ、軒《のき》に大根吊《つる》しているだろ、あの家がおはつさんの家さ」

三軒向こうの軒を指して、

「気の毒な人だよ、おはつさんは……この長屋に暮らすようになった時には、もうお腹に子供が出来ていてね、なんでも奉公先で手籠《てご》めにされたようなんだよ」

女房は顔を曇らす。

「聞き捨てならねえな、誰だい、その男ってのは……」

金平が言った。

「それが、言わないんだよ、おはつさんはそういう事情で子持ちになったんだ。親も兄弟も御府内にはいないようだから、苦労して子供を育てて……親分さん、力になってやっておくれよ」

女房は、吉蔵の腕を摑まんばかりにして言った。

　まもなく吉蔵と金平は、女房が教えてくれた長屋の前に立ち、声を掛けて入った。


「ごめんよ、おはつさんの家だね」

「なんでしょうか」

　振り向いたのは、三十前の若い女だった。

　おはつという女は、髪を振り乱し、化粧っ気の無い顔で、下駄の鼻緒を作って
いた。

　その側には、子供が荒い息をして寝ている。すぐに病気だと分かった。

「どうしたんだ、熱が高いんじゃねえのか」

　吉蔵と金平は、家の中に飛び込んで、男の子の顔を見た。

　五歳ほどの男の子だった。頰が赤く、胸が苦しそうに波打っている。

　吉蔵が掌を男の子の額に当てると、火のように熱かった。

「駄目じゃねえか、このまま放っておいたら、命があぶねえ」

　吉蔵は、おはつを叱りつけるように言った。

「ううっ」

おはつは、顔を覆って泣き出した。

「すまねえ。そうか、医者を呼ぶ金がねえんだな」

吉蔵の問いに、おはつは泣きながら頷いた。

「金平、玄庵《げんあん》先生を呼んできてくれ」

吉蔵は言った。医師玄庵は隣町の豊島町に診療所を構えていた。ひょんな拍子に知り合いになったが、玄庵も生国が甲州というので、同郷のよしみで吉蔵の無理な頼みをきいてくれるのだ。

「行ってきやす」

金平はすぐに玄庵を迎えに走った。

「あの、お金が……」

おはつは困惑している。

「いいんだよ、知り合いの医者だ。なんとかなる。心配《しんぺえ》するな」

吉蔵は言った。

「ご恩は一生忘れません」

おはつは手をついた。

「いやいや、実はおていさんがここに来ているんじゃないかと思って立ち寄ったのだが、役にたてて良かった」

吉蔵はおはつと倅の部屋を見渡しながら言った。

ざっと見たところ、何一つ目を引くものはなかった。火鉢に置いた五徳の上で、鉄瓶の湯がたぎっていたが、台所の竈《かまど》に羽釜《はがま》も鍋もかけてはいない。竈の中で昨日今日火を焚いた気配も見られない。冷え冷えとした灰が見えるだけだった。

「おていさんは五日ほど前に来てくれました。その時はこの子もまだ、こんなに酷《ひど》くなかったんです。おていさんはこの子に『おっかさんのいうことを聞いて早く元気になるんだよ。元気になったら、頑張ったご褒美に何か欲しいものを買ってあげるよ、何がいい』そう言って励ましてくれたんです。そしたらこの子が、黒駒の凧がほしいって言って」

「何、黒駒の凧だと……」

吉蔵は聞き返す。

「はい、おていさんが知っている親分さんが作っているそうなんです」

と言ったおはつが、あっとなって、

「もしや吉蔵親分さんでございますか」

驚いて訊いてきた。吉蔵は頷くと、

「分かった、この子が元気になったら、黒駒の爪を届けよう」

寝ている男の子の顔を見る。

すると男の子は、微《かす》かに目を開け、弱々しい声で、

「ありがとう」

そう言って、小さな手を伸ばして来た。

「よし、約束しよう。今お医者が来てくれる。お医者のいうことを良く聞いて元気になるんだ」

吉蔵が男の子の手を握り返した時、金平が玄庵を連れて戻って来た。

「申し訳ねえ」

吉蔵は玄庵に、ぺこりと頭を下げた。

「いつものことだな」

玄庵は苦笑して、すぐに男の子の額に手を遣《や》った。

「何時からこんなになったんだね」

玄庵は厳しい顔になっておはつに尋ねる。

「風邪をひいたのは十日ほど前ですが、高い熱を出すようになったのは昨日から

です」

「ふむ……」

玄庵はおはつの話を聞きながら、男の子の脈を診て、心の臓、気管支と音を聞き、次には腹を押さえながらおはつに言った。

「危ないところだったな。一日遅かったら肺が悪化して、とりかえしのつかないことになっていた。薬を出しておくから飲ませなさい。汗をかいたら肌着を取り替える。外気に当てない。それと、粥《かゆ》でもなんでも口に入れてやらねばの」

「ありがとうございます。なんとお礼を申し上げてよいか……先生、薬礼ですが、少し待っていただけないでしょうか」

おはつは手を合わせた。すると玄庵は頷いて、

「分かっている。いざとなったら吉蔵親分がなんとかしてくれるだろう」

吉蔵をちらりと見てから苦笑した。

――先生、すまねえ……。

吉蔵はすたすたと帰って行く玄庵の後ろ姿を見送った。

吉蔵と金平は、その足でおていの長屋に回った。

おていは、筋違《すじかい》御門からそう遠くない、平永町に住んでいた。

平永町のはまぐり新道から入った裏長屋で、二人が尋ねておとないを入れたが、やはり留守だった。

「おていさんかい……留守ですよ」

戸口で思案していた二人に言ったのは、風呂上がりの頬を赤くした色っぽい女だった。

「どこに行ったのか知らないか」

吉蔵が尋ねると、

「毎日朝早くから出かけていましたけど、そういえば、昨日から帰って来てないようだったから……心配していたんだけどね」

女は考える顔で言ったが、はっと気付いた表情になると、

「ひょっとして娘さんを捜しに行ったのかしら」

と言う。

「娘……」

金平が聞き返す。

「だって他には考えられないもの」

女も言ったことに自信はなさそうだ。

「娘さんを捜すって、どういうことだい。昔手放した娘がいたとは聞いていたが、居場所が分かったとか、そういうことかな」

吉蔵は言った。娘の話は昨日夜鷹から聞いたばかりだ。

「それがさあ、娘さんがいるなんて話は、つい最近言い出したことなんですよ。それまでは天涯孤独だなんて言っていたのに、いつか娘に渡してやりたいなんて、手作りの紙入れを作り出したりして……」

その紙入れを女は見せてもらった事があるようだった。

「京西陣の帯の端切《はぎ》れでね、豪華な紙入れだったわね……あれは鶴だったと思うけど、羽を広げた刺繡《ししゅう》がしてあって、なかなか手に入る代物じゃあない、あたしはそう思って見せてもらいました」

女はうっとりするような顔で言い、

「そうだ、よみうりだ、よみうりを見てからかしら、おていさんが娘の話をしだしたのは……」

それに違いないと断言した。

「よみうり……どんな話を書いていたよみうりだね」

吉蔵が訊いてみるが、女は、

「さあ……」

どんな話なのかは知らないと、首を傾《かし》げたのち、

「親分さん、いろいろ言って申し訳ないけど、おていさんが家に帰ってこなかったことなんて、これまでに一度だってなかったんですよ。何かややこしいことに巻き込まれているんじゃないかって、大家さんも心配していたんです」

女は言った。おていのことを心配しているのは間違いなさそうだが、どれも不確かな話で頼りない。

吉蔵は大家に頼んで、おていの家の中を見せてもらった。

「！……」

目に飛び込んで来たのは、土間に置いてある甘酒の屋台だった。出入りが窮屈で落ち着かない感じがしたが、板の間も畳の部屋も、きちんと整頓されていて、小綺麗に暮らしているのが分かった。

半刻前におはつの貧しい暮らしを見て来た吉蔵と金平は、おていの長屋に初老の甘酒売りの女とは思えぬ値打のありそうな暮らしの道具があるのに驚いていた。

手鏡や二段の衣装簞笥《だんす》、それにつややかな漆《うるし》塗りの文机も見える。また、枕屏

風の側に畳んである布団も、長屋に住む女の持ち物とは思えないほど綿の入りが多いように見えた。

もっともおていは、今のような甘酒売りになる前は、奈良茶漬屋の主《あるじ》だった人だ。家財はその時揃えたものかもしれない。

「私も心配しているんです。このところのおていさんは、ちょっと怖かった」

大家がふっと言う。

「怖いとは……」

吉蔵は、大家の顔を見た。

「何か思い詰めているように私には見えました」

三日前だったか、出て来たおていに声を掛けたが、聞こえているのかいないのか、険しい顔をして出かけて行ったというのである。

「娘さんがいると聞いたんだが、大家さんはそのことについては何も聞いていませんか」

金平が尋ねると、

「いえ、私がおていさん本人から聞いている話は、男に騙されて、奈良茶漬屋を手放したということだけです」

大家もおていを案じていた。

吉蔵と金平は、それで長屋を後にしたのだが、

「よみうりか……何を書いたよみうりなのか」

吉蔵は独りごちた。

それを捜すのは至難の業だ。この江戸にはどれほどのよみうり屋があるのか、吉蔵は摑んではいない。

五

その頃おていは、池之端仲町にいた。

この七年の間に池之端近辺で一、二を争うと言われるようになった有名な料理屋『花菱屋《はなびし》』を、向かい側の居酒屋から見張っていた。

花菱屋は不忍池《しのばずのいけ》の蓮《はす》を使った料理が有名らしいが、会席料理はむろんのこと、奈良茶漬けなども出してくれるという。

商人や武家が寄り合いや談合に、また接待に利用するなど贅沢な料理を提供する一方、町人や若い者たちが気楽に立ち寄って食べる軽い食事もあるらしい。

多種多様、お客の用途によって誰にでも利用できるとあって有名になったらしい。

「ふん……」

おていは花菱屋を見張りながら、ちびりちびりと酒を飲み、ギヤマンの煙管で煙草を燻らしている。

この店で花菱屋を張るのは、今日で三日目だ。窓側の椅子に座って、一日中花菱屋を睨んでいる訳だが、おていが花菱屋の主に関心を持っているようだと知った居酒屋の女将は、

「うちで泊まりなさいな」

そう言って昨夜は泊めてくれたのだった。

居酒屋の女将はおかねと言い、おていと同じような年頃で、小女一人を使って店を営んでいる。

おかねも、どうやら花菱屋の善兵衛《ぜんべえ》が好きではないらしい。

「善兵衛さんはまだ出てきませんか」

おていが、ギヤマンの煙管の灰を落としたその時。おかねが団子を持って来て、おていの前に置いた。

「疲れるでしょ、私からのおごり」

おかねは言って、むこうに見える花菱屋の表をちらと見た。

「すみませんねえ、やっぱり甘い物には目がないものですからね」

おていは早速団子を口に入れる。

「善兵衛って奴は相当な悪党ですよ。私は花菱屋の女将さんから、さんざん聞いています」

おかねは吐き捨てる。

おていが大きく頷くと、

「こんなこと、言わないでおこうかと思ったんだけど、おていさんもどうやらあの男の被害にあった様子なのでお話ししますが、あの男は、最初はね、花菱屋の亭主を亡くした女将さんに取り入って店に入ったんですよ。ところがそのうちにちゃっかり亭主に収まった。女将さんの話では、当時返済が滞っていたお金を出してくれたんだって言っていましたね。お金を出してくれたことで体の関係まで出来てしまった。亭主に迎えるしかなかったんだと私は思いますよ。まったく、あんなちゃらい男が、いくらの金を工面《くめん》してくれたか知りませんが、まあ、女将さんは騙されたんでしょうね。確かに善兵衛さんが亭主になってから店は大きくなりましたよ。だけども今じゃあ、女将さんは小さくなって耐えているんです。善兵衛って男は、店の仲居や女中に手をつけるだけでは治まらず、近頃では下谷に女を囲っているというんだから、あの男は女の敵だ」

おかねはひとしきり花菱屋の噂話をして怒っていたが、お客が入って来て板場に向かった。

──何が善兵衛だ……。

ご大層な名が泣いているのではないか。まったくふざけた男だと、おていは団子をぐいと飲み込み、またギヤマンの煙管に煙草を詰めた。

いらいらしてくると、煙草に手が出る。このところおていは心が安まる時が無い。始終ギヤマンの煙管を手にしている。

そう……おていが今張っている男は、かつて巳之助と名乗っていたにっくき男だ。

おていの体を弄び、終いにはおていが貯めていた金の全てをくすねて姿を隠した男だ。

そんな男に、ひっかかったのは自分の不徳。知り合いの吉蔵という岡っ引にも、

「恨んでないと言ったら嘘になるけど、恨めば自分が惨めになる……」

そう言ったのは、つい最近の事ではあるが、まとまった金が必要になっていたおていの前に、思いがけなく八年ぶりに巳之助が姿を現したのだ。いや現したのではなく偶然目撃してしまったのだ。

しかもその姿は、身の毛もよだつような悪辣非道なものだった。

それは七日前の事だった。

おていはその日、甘酒屋の屋台の店を休んでいた。

神田川の北側にある八名川町の骨董屋に白磁《はくじ》の香炉を持って行き、五両で引き取って貰ったのだが、巳之助を見たのは、その帰りだった。

時刻は六ツ半頃だったと思うが、新し橋を渡ろうとして、近くの土手で男三人が争っているのを見た。

おていは、知らぬ顔をして通り過ぎようとした。男たちの発する怒号と殺気《さつき》立った空気が恐ろしく、関わり合いになっては面倒なことになるかもしれない、そう思って急いで橋を渡って南袂に下りた時だった。

「巳之助さんよう、いやさ花菱屋の善兵衛さん」

一人の男が発したその言葉に、おていの足は止まった。

――まさかあの巳之助か……。

足を忍ばせて薄闇の物陰に身を隠し、三人の男たちを見た。

「俺を脅すとはいい度胸だ。殺せ！」

そう吐き捨てた男の顔を見て、おていは仰天した。

間違いない。八年の歳月を数えた巳之助の顔があった。

しかも巳之助は、随分立派な衣装を身につけているではないか。

――人の金を元手にして、成功したんだ……。

おていの胸は怒りに震えた。

まもなくおていの視線の先で、男たちの乱闘が始まった。

巳之助たち二人と、一人の男の対決は、さしたる時間を数える間もなく決着した。

巳之助を脅していた男は、巳之助の匕首で胸を刺されて殺されてしまったのだ。

「馬鹿な奴め……」

殺した男を見下ろして吐き捨てた巳之助が、血しぶきに興奮した恐ろしい目を、おていのいる方に向けた時には、おていは思わずぎょっとして身をすくませた。

――人殺しめ、住まいを突き止めなければ……。

巳之助を訴えるにしたって、どこに住んでいるのか分からなくては、訴えようが無い。

そう思ったのだが、おていの足は恐怖で動かなかった。

――巳之助をこのまま放置して良い筈がない。訴えてやる。

その晩はそう決して翌日を迎えたのだが、

――あれをネタに脅して、昔の金を取り戻そう。

一睡も出来ずに悶々としていたおていの胸に、そんな大胆な思いつきが芽生えたのだ。命を賭けるほどのこの心の変化には理由があった。

おていは今、まとまった金が必要になっている。骨董屋に行って白磁の香炉を処分したのも、一文でもいい、金が欲しかったのだ。

実はおていは、半月前に買ったよみうりを見て、娘の名と同じおはなという女の話が載っているのに気がついたのだ。

おていの娘は、今年二十八になっている筈だが、よみうりに載っていたおはなの話とは、侵入して来た泥棒を打ち据えて番屋に突き出したというものだった。

おはなという名に惹かれて読んでいくと、『春野屋《はるの》』という屋号が出て来た。

それで自分の娘に間違いないと分かったのだ。

会いに行っても名乗りを上げてもいけない娘だったが、ひと目会いたさに、おていはおはなが暮らしている増上寺近くの神明町に出向いた。

『春野屋』は小間物屋で、今はおはなとその亭主が営んでいるようだった。

遠くからおはなを見ることが出来たのは一度だけだったが、おていは近隣の人の話で、春野屋は借り入れた金の返済が出来ずに難儀していると知ったのだ。

何とか手助けをしてやりたいと思ったが、今のおていには補塡してやる金はない。

夜鷹たちに心づくしをしてやるぐらいの金ならあるが、商いをしている家を助けるほどの金は無い。

奈良茶漬屋をやっていた頃なら金の融通はついただろうが、男に狂ったばかりに今は場末の長屋暮らしだ。

情けない母親だと嘆いていた時に、おていは巳之助が人を殺すのを実見してしまったのだ。

――巳之助から、金を取り戻そう……。

嫌とは言わせない。いざとなったら人を殺すところを見たといえば断ることなど出来ない筈だ。

そう決心してから、おていは甘酒屋を休み、花菱屋の善兵衛の住処を探していたのである。

そしてようやく三日前に、かつての巳之助が今は善兵衛と名乗って、池之端仲町にある料理屋花菱屋の主におさまっていると知ったのだ。

おていが、この居酒屋で花菱屋を張り続けているのは、そういう理由だったのだ。

——巳之助だ……。

ここに至るまでのことを思い起こしていたおていは、慌てて煙草の灰をたたき落とした。

上物の絹の羽織を着た巳之助が、怪しげな若い衆一人を供にして店の外に出て来たのだ。

これからどこかに出かけるらしい。

「おかねさん、ありがとう」

おていは、板場にいたおかねに礼を述べると、手ぬぐいを頭に掛け、その端を口にくわえて巳之助の後を尾《つ》け始めた。

「巳之助さん、久しぶりだねえ」

おていが背後から声を掛けたのは、下谷広小路に出たところだった。

何気なく振り向いた善兵衛が、驚いて目を剝いたのも無理はない。

「お、おてい……」

善兵衛は思わず言った。

「そう、忘れてなかったんですか。私はとっくに忘れられてしまったんだろうって思っていましたけど……まっ、そりゃあそうですよね。独り身の女が、働いて働いて、命を懸けて貯めたお金を、黙って持ち逃げしたんだもの……人間の皮を被った悪党だろうと、忘れられるものではないでしょうよ。私のこの、おていの名も忘れたくても忘れられなかった筈だ」

じわりじわりと近づいて行く。

「なんの真似だ」

善兵衛は狼狽した目で、おていを見た。

「あの時、持ち逃げしたお金を返してほしいんですよ。それでわざわざ会いに来たんです」

おていは、自分の声が震えているのが分かったが、それを振り払うように冷たい笑みを見せた。

「知らん、お前の金など知るもんか」

善兵衛は鼻で笑った。

「だったら、なぜそんなにあたふたしてるんだい……やましいことがあった証拠じゃないか」

おていは更にぐいと歩み寄った。

「それにね、いろいろおまえさんのこと調べて分かってるんだよ。花菱屋の亭主面して暮らしているらしいけど、あたしから盗んだお金で店に入り込み、主におさまったんだろ……ご亭主を亡くして悲嘆にくれている女の心を盗んだ訳だ……心も体も盗んだ訳だ……その甲斐あって亭主になった……今じゃあお内儀《かみ》に文句も言わせないほどお店では力を持っているらしいけど、お前さんが今の立場を手に入れることが出来たのは、私から盗んだ金のお陰じゃないのかね」

「おてい、痛い目に遭いたいのか」

善兵衛は、低くドスのきいた声で言った。

おていは、声を上げて笑った。そして、

「へん、善兵衛の名が聞いて呆れる。おまえさんは善兵衛なんかじゃない、悪兵衛だよ！」

「な、なんだと、おてい！」

　怯えた顔が一転怒りに染まった。

「黙って聞いてりゃ許せねえ。花菱屋の主を、あることないこと因縁つけて脅したと、番屋に連れて行くぞ」

「やってごらんよ。願ってもないことだ。善兵衛さん、いいや巳之助さんだ。私が何もしらないと思っているのかい……おまえさんをぎゃふんと言わせる何の材料も無しに、手ぶらでおまえさんにお金を返してくれと言いに来たと思っているのかい……私はね、おまえさんが決して断れない材料を持って来てるんだよ」

　おていは、ぐうも言わさぬ強い口調で言った。

「な、なんだよ。その材料とは……」

「巳之助さん、あたしはね、この前新し橋で、おまえさんが人を殺《あや》めたのを見ているんだ。その話を世間にぶちまけてもいいのかい。例えば番屋の前でさ、そうそう、番屋と言わずよみうり屋に売ってもいいし、いやいや直接お奉行所に訴えるのもいいかもしれない」

「お、おてい……」

　善兵衛がおていを睨むと同時に、供の若い衆が、おていの前に立ちはだかった。

凶悪そうな目つきの男が、指をぽきぽきと鳴らしている。

だがおていは、そんなことぐらいで顔色を変えることはない。その若い衆を押しのけて、おていは前に出て言った。

「私は見ていたんだよ、お前さんが匕首で相手の胸を刺して殺すのをさ……今町方は、あの殺しの下手人を捜してるよ」

ふっと笑って善兵衛の顔を見る。

善兵衛の顔が歪んだ。その目がやり場もなく右往左往している。いっときの沈黙のあと、

「ま、待て。ここではなんだ。人のいないところで話そう」

すっかり観念した顔になっている。

善兵衛は供の若い衆に、

「お前はここで待っていてくれ」

そう言い置いて、先に立って歩き始めた。

どうやら不忍池のほとりにある散策の道に誘っているようだ。

そこには道の両脇に木々が茂り、人の目を気にすることはない。

「ちょいと、まさか私を殺そうって算段してるんじゃないでしょうね」

おていは言った。

すると善兵衛は振り返って、固い笑いをして見せると、

「まさか、そういうことなら、そこの連れを連れていくよ。俺とおまえと、二人で話をつけようじゃないか」

おていは一瞬躊躇《ちゅうちょ》したが、善兵衛の顔は先程と違ってすっかり懇願の顔になっている。

一文無しで茶漬けを懇願した時のあの顔だった。

おていの胸に一瞬油断が生じた。まさか殺すことはあるまい、そう思った。それに、

――ここで引き下がっては、金を取り戻すことは出来ない。

おていは意を決して善兵衛のあとについていくことにした。

二人は散策の道に入った。その道を突き抜けると、お花畑《はなばた》という所に出る。お花畑に出れば、人の往来はある。

――それから四半刻後――

散策の道から戻って来たのは、善兵衛だけだった。

善兵衛は、ギヤマンの煙管をくるくる回しながら何食わぬ顔で笑った。

「旦那……」

供の若い衆が冷たい笑みを送って迎える。

「市之助《いちのすけ》、行くぞ」

善兵衛は供をつれて、何ごとも無かったように広小路を出て行った。

六

おきよの給仕で朝食を取っていた吉蔵と金平は、

「吉蔵親分さんの家だね」

血相を変えて突然飛び込んで来た、夜鷹のおなみとおつなの顔を見て驚いた。

「どうしたんだ……」

尋ねる吉蔵を見て、おきよは嫌な顔をしている。

「どうもこうもないよ。親分さん、おていさんが殺されちまったんだよ」

二人は、上がり框《がまち》で泣き崩れた。

「何だって、殺されたって……どこで?」

吉蔵は箸を置いて立ち上がった。金平も同じく、茶碗に残っていた御飯を口に詰め込んで立ち上がる。

「上野ですよ。不忍池の端にある、散策の道の藪の中で胸を刺されて死んでいたようです」

おつなが苦しげな息を吐きながらそう言えば、

「ついさっき人伝《ひとづて》に聞いたんだけど、とにかく親分さんに知らせなきゃって、二人で走って来たんですよ」

おなみも肩で息をしながら訴える。

「よし、分かった。おきよさん、この二人に水をあげてくれ」

吉蔵はおきよに二人を頼むと、十手を取り、帯を一発ぱんと叩いて土間に下りた。

「親分」

金平も、腕を捲りあげて、土間に下りる。

おきよが慌てて、切り火を切ろうとして玄関に出て来るが、吉蔵と金平はそれを待たずに飛び出して行った。

「もう……」

おきよは、地団駄を踏んだ。まったく二人ときたら、そんな顔をしているが、母親のように案じているのは間違いない。

吉蔵と金平は、急いで不忍池に向かった。だが到着した時には、おていは既に池之端の番屋に運ばれて、戸板の上に寝かされていた。

「おていさん、なんてこった……いったい何があったんだ」

吉蔵はおていの顔に掛けられていたむしろを剝ぎ取ると、青白い顔に語りかけた。

そして、血で固まった左胸の傷跡を見た。

「心の臓をひと突きだ。金平、見てみろ。見事に心の臓を狙って突いている。丑松殺しと似ていると思わねえか」

吉蔵は、十手で刺し傷の跡を指した。

「確かに……トウシロじゃねえみたいですね。初めて匕首を握ったとは思えねえ」

吉蔵は頷くと、振り返って小者に訊いた。

「殺しを見た者はいないのか」

番屋の小者は首を横に振る。なんとも頼りない仕草だ。

「そうか……この遺体の様子じゃあ、昨日の昼間に殺されたと思うのだが……」

「親分、あの小道は、まだこの時期は人通りが少ないんです。春になって桜が咲く頃になれば散策する者も多くなるんですがね」

座敷で帳面に何やら書きこんでいた番屋の書役《かきやく》が、眼鏡の上から睨むような目を向けて言った。

吉蔵はおていの額に掛かっていた髪を払ってやった。そして初めてまじまじとその顔を見た。

おていは皺こそあるが、鼻筋の通った上品な顔立ちだと思った。若い時には美しい人だったんじゃないか、そんな想像をさせる顔立ちだった。

「それにしても、おていさんともあろう人が殺されるなんて、いったい誰の仕業なんですかね」

金平は口惜しそうだ。

「確かにな。あれだけちゃきちゃきした人が、まさか騙された訳じゃあないと思うが、しかしこんなところまで来ていたということは、何か目的があった筈だ。おていさんが普段生活する中で立ち寄る場所じゃあねえ。ここになにしにやって来たのか、それが解ければ下手人の見当もつく……」

吉蔵が思案の顔で立ち上がったその時、

「ようよう、ようよう……」

ふらりと南町の同心と手下の岡っ引が入って来た。同心は松井久七《まついきゆうしち》といい、岡っ引は徳庵《とくあん》という。

松井久七は物言いが高慢な男、徳庵は坊主あがりの助平男で頭髪も無い。

しかも二人はいばって町を歩くので、町の者には嫌われているが、本人たちは気付いていない。

「これは旦那……」

番屋の小者が二人に頭を下げた。

「殺しがあったそうじゃないか」

徳庵が言って、

「この女か……」

戸板に寝かされているおていを指した。

「へい、たった今、吉蔵親分さんに検分してもらったところでございやす」

小者はびくびくして説明する。

「何者だ、この女は……」

松井久七は、遺体も見ずに吉蔵に尋ねて来た。

松井も吉蔵もお互い知った仲だ。

「へい、甘酒売りです。柳原土手で屋台を出していた人で……」

「なんだと、甘酒売りだと……」

「へい」

吉蔵は答えて松井久七の顔を見た。

予想通り、松井は急に熱が冷めたような顔をして、遺体の傷を確かめていた徳庵に、

「徳庵、この事件は北町の吉蔵親分に任せればいい」

調べは中止しろと命じ、冷たい笑いを浮かべて、

「夜鷹を相手に甘酒を売っていた婆さんが殺されたと言って、騒ぐこともなかろう」

そう言ったのだ。

「聞き捨てならねえ」

金平が、帰ろうとする二人の前に回り込んで立った。

「金平！」

吉蔵は慌てて金平の腕を摑んで引き戻した。

「ふん、若造が……」

徳庵が金平を睨み付け、二人は肩で風を切るようにして引き上げて行った。

「親分、あっしが間違っていますか」

金平は、つっかかった。

「そうではない」

「いや、そうじゃねえですか。あの二人の言う事を聞いていると腹が立ちますよ。人の命に上下があるんですか。武家と町人では違うと言われればそれまでですが、あっしは納得がいかねえ。みんな命は一つだ！」

金平は頰を膨《ふく》らませる。

「分かっているよ、金平。相手にするのも馬鹿らしいから言ってるんだ。南が探索しないというなら、こちらがやればいいんだ」

吉蔵は金平をたしなめたのち、

「それはそうと、この人の所持品だが、見せてくれねえか」

小者に言った。

へいと小者は返事をして、すぐに油紙に包んだ遺品を吉蔵の前に置いた。

包みの中味は手巾と煙草入れだった。

「おかしいな、ギヤマンの煙管と鶴の刺繍がしてある紙入れ、ああそれから手鏡はどうした？」

吉蔵は尋ねる。

「そんなものはありませんでしたよ」

小者は言った。

「いや、そんな筈はないな。この人は、今言った品は、肌身離さず持っていた筈だ。現場をちゃんと調べたのか？」

小者は困った顔をした。

「分かった。これからそこに案内してくれ。この人が殺されていた場所だ」

吉蔵の言葉で、小者は二人を散策の道に案内してくれた。

その道の中程で、小者は藪の中を指した。

「この奥です」

「よし」

吉蔵と金平は、藪の中に入った。

小者が示した辺りには、おていの血が枯れ草の上で固まっていたが、ギヤマンの煙管も他の物も見当たらなかった。

吉蔵は、思案の顔で頷いた。

その日の午後、おていの長屋では夜鷹や長屋の者たちが集まって葬儀が行われた。

線香をあげて別れを告げるだけという簡素な葬儀だったが、見送りに集まった人たちが、いかにおていを頼りにしていたか良く分かった。

吉蔵は頃合いを見て、大家に家の中を改めたいから立ち会ってくれるよう告げた。

「私も遺品を確かめたいと思っていたところです。葬儀のお金のこともありますので……おていさんが葬儀のお金を持ってなかった時には、なんとか工面しなければなりません。まあ、おていさんは、それぐらいのお金は残していると思いますが……」

大家は言って、互いに立ち会いのもと、おていの持ち物を調べることになった。

まず文机の引き出しに巾着袋が入っていて、それには小判や一分金など計十五両ほどがあった。

「おていさんらしいね。やはり昔女中奉公していた人は違います。なんでもきちんとする人だから、お金のことも心配はしてなかったんだが、まあこれで葬式代もまかなえますし、お墓だってつくれます」

大家は、ほっとした顔をしてみせた。

店子《たなこ》が一文も蓄えずに亡くなったりした時には、長屋の者たちが出しあって見送らなければならない。むろん大家もその先頭に立たなければならず、金の蓄えがあるかどうかは、一人暮らしの者が亡くなった時には、一番の関心事だ。

「大家さん、今の話では女中奉公をしていたということですが、何時の頃の話ですか」

吉蔵は訊いた。奈良茶漬屋時代の話は聞いていたが、女中奉公の話は初耳だった。

「ここに入って来た時に聞きました。奈良茶漬屋をやる前の話のようでしたが、詳しいことは言いたくなかったのか話しませんでしたね。ただ、当時、奉公していた時の同僚が両国橋の西詰で水茶屋をやっているとかで、時々遊びに行っていたようなんですが……」

「水茶屋の名は？」

吉蔵はさらに尋ねた。だが、大家は水茶屋の名は聞いていないようだった。

「じゃあ、友達の名は？」

「ああそれは、確かおみささんとか言っていたような……」

「おみさ……」

吉蔵が復唱したその時、

「親分、よみうりが出てきやしたぜ」

衣装簞笥を調べていた金平が、よみうりを引っ張り出して来た。

吉蔵は、金平の手からよみうりを受け取り一覧した。

「泥棒一撃、奉行所より金一封」

まずは見出しを読んだ。

見出しの下には、棒を摑んだ女が、男を打ち据えている勇ましい挿絵が載っている。

「何と書いているんですか？」

金平が横から急かしながら覗《のぞ》く。

「まてまて……」

吉蔵は金平を制すると、急いで文字を追った。

長屋の女たちも興味津々、吉蔵の近くに寄ってきて固唾《かたず》を吞んでいる。吉蔵は

読み終えると顔を上げて、

「おはなという若い内儀が泥棒をやっつけたそうだ。おはなの店は、増上寺近くの神明町にあるようだが、小間物屋の内儀だと書いてある」

「間違いないわ、これこれ……このよみうりを見てからですよ、おていさんが、私には娘がいたんだって言い出したのは……」

そう言ったのは、吉蔵たちにおていの話をしてくれた、あの長屋の風呂上がり女だった。

「親分さん、あの時におていさんは、紙入れを作っていたってこと話したでしょ。この人に作っていたんですよ。きっとどこかに、あの紙入れがある筈よ」

女はたちあがると、必死になって簞笥の中や、畳んだ着物の間や文箱の中など、ひっくりかえして捜していたが、

「おかしいわね、無くなってる」

女は言った。

「おねね、酒だ。冷やでもいいから早く持って来てくれ」

清五郎は、娘のおねねに大声で注文した。

「親父さん、忙しいのに気の毒だよ」

金平が言って、店の中を見回した。

大工や職人たちで、もう既に空いた席はない。

「まったくだ。ここに来るのは楽しいが、親父さんが無理難題を言っては、おねねさんに申し訳ねえ」

吉蔵も言う。

おていの葬儀をすませた吉蔵と金平は、その足で清五郎におてい殺害を知らせるために、清五郎の娘おねねが営んでいる『おふね』にやって来たのだった。

丁度清五郎も、石川島の人足寄場に行き、殺された丑松のことを調べてきたところだと言い、店の小あがりの座敷を陣取って、まずは一杯やろうということになったのだ。

「店は忙しくなくちゃあいけねえ。閑古鳥が鳴いているより、小走りしてお客の世話をするぐらいがいいんだ。だから遠慮することはねえんだよ。娘も吉さんの顔を見るのが楽しみだって言っているんだから」

清五郎は無責任な事を言った。そしてまた、

「おおい、まだか！」

大声を上げる。

「親父、静かにしろい。順番だ！」

清五郎はお客に叱られてしまった。

吉蔵と金平は、くすくす笑った。

「おまちどおさま」

そこへおねねが酒やら肴やらを運んで来た。

「お酒は冷やよ、おとっつぁん。そしてこちらが泡雪豆腐、これはカレイの一夜干し、今日ね、いいのが入ったのよ。それと里芋のにっころがし。亡くなったおっかさんが得意とした煮物だけど、まだまだ私は、おっかさんのようには上手く炊けなくて……そうだよね、おとっつぁん」

おねねは、笑って父親に訊く。

「まあまあだな」

清五郎は、照れている。なんだかんだ文句を言いながらも、清五郎は娘が可愛くてしょうがないのだ。

「おとっつぁん、あとはお願いね。お冷やでいいんだから、勝手にやってね」

おねねはそういうと、腰掛けで待っているお客の方に向かった。

「まずは一杯……二人とも大変だったな……」

清五郎は、若い二人に酒を注いだ。そして、自分の盃にも酒を注ぎ、

「遠慮無くやってくれ」

二人に早く呑めと手で勧めた。

吉蔵と金平は盃を取った。一気に飲み干して、

「ああ、うめえ」

金平は、うっとりした顔で言う。

ひとしきり三人は、おねねの料理を食べ、酒を飲んでいたが、まもなく吉蔵は盃を置くと、

「親父さん、酔っ払う前に、まずは話をしておこう」

おてい殺しの一件を清五郎に説明した。

清五郎はじっと聞いていたが、

「丑松と同じように匕首で刺していたのか……まさか同じ人間が殺《や》った訳じゃあないだろうが」

思案する顔になった。

「で、親父さんの方はどうでした……何か摑めましたか」

吉蔵は、清五郎の顔を見た。

「それだが、平八郎の旦那の書き付けを持って行ったんでね。むこうの役人も親切に対応してくれて、それで、丑松と島八が暮らしていた小屋の者に当時の様子を聞くことが出来たんだ。いろいろ面白い話を聞いたが、その中で、ちょっと気になる話も聞いている。それは二人が御赦免になると分かった頃のことなんだが、小屋に同居していた五、六人の男たちに、丑松は妙な話をしていたんだ」

清五郎は、吉蔵と金平に顔を寄せて語った。

その話というのは、丑松が昔大坂で暮らしていた時のこと、悪所通いに明け暮れていた丑松は、一文の金も無くなって質屋に盗みに入る決心をした。

そこは老夫婦で営んでいた店だった。いつも丑松はその店の前を通っていて、裏木戸が壊れていたのを知っていた。

――あの店なら難なく入れる。

丑松は夜の更けるのを待って、質屋に入った。

ところが、丑松が入る前に店に押し入った男がいて、金箱から金を袋に入れている最中だったのだ。

丑松が肝を潰したのは言うまでもないが、そっと外に出ようとしたその時、物

音に気付いた老夫婦が店に出て来た。そして、

「ど、泥棒だ！」

老夫婦が震える声を上げたその時、盗人は匕首を出し、有無を言わさず二人を刺し殺したのだった。

思わず腰を抜かした丑松のいる方に、男は顔を向けた。

丑松は、ぎょっとして口を手で押さえ、暗がりに潜んだまま息を止めていた。見付かったら自分も殺される、そう感じた丑松は、賊が店を出たあとで、そっとその店から逃げた。

だが、凶悪な賊の顔を見たことで大坂にいるのが恐ろしくなり、丑松は大坂を離れて江戸に出て来たのだった。

丑松は、悪い夢を見たのだと思うようにしていた。

そして江戸でやりなおしたい、まっとうな暮らしを始めようと建具屋に奉公したのだった。

建具屋は、十四歳の時に親の命で弟子入りしたことがあった。多少は心得があった訳で、すぐに現場に出されるようになった。

今度こそ真面目に生きよう、そう思って働き始めたある日のこと、丑松は仲間

と不忍池に蓮飯を食べに行った。

ところがそこで、あの凶暴な押し込み強盗に会ったのだ。

しかもその男は、上物の着物を身につけていた。どこぞの旦那におさまっているらしかった。

丑松は歯ぎしりした。自分はまだしがない奉公人暮らしなのに、なぜあんな悪党が結構な身分になっているんだと思ったのだ。

――許せねえ……。

この世の理不尽さに怒りを膨らませているうちに、ふらっと仕事先の違い棚の手文庫から、一両をくすねてしまったのだ。

博打でもして気を晴らさなければ、口惜しくておさまりがつかなかったのだ。

しかし、丑松はすぐに捕まって人足寄場に送られた。ますます丑松の心に怒りが膨れあがった。

あの男は人を殺し、金を盗んでいるのに、この世を謳歌している。一方自分は、たかが一両で人足寄場送りだ。

許せねえ許せねえと呪文のように心に唱えて、丑松は三年の歳月を、過酷な労働に歯を食いしばって過ごしたのだった。

そして、御赦免になったら、その時はあの男を見つけ出して、脅して金を貰わねば気がすむものかと考えていたのである。

その日をようやく迎えることになった丑松は、その話を仲間にして、

「見ていてくれ、俺はここを出たら、きっとあいつを見つけ出して脅しをかけてやるんだ。そして金を出させてやる。次に運を摑むのは俺様だ」

皆を笑わせていたらしい。

「吉さん、あっしが調べて分かったのはそういう話だ。気になるじゃねえか……」

清五郎は言いながら、酒を三人の盃に注いで、

「丑松は、その人殺し野郎に返り討ちにされたに違《ちげ》えねえってことだ」

じっと聞いていた吉蔵が言った。

「親父さん、丑松が二人の人殺し野郎に殴られていた時に、ミノと呼ぶ声を聞いたと船頭が言っていたな。丑松は人足寄場の仲間には人殺し野郎の名前は言っていなかったようだが、ミノというのは巳之助のことだったんだ」

「確かにミノは巳之助だな。仲間にはその名を伏せていた。全てを話せば美味い汁を吸われてしまうかもしれねえからな」

清五郎は言った。

「するてえと、巳之助は大坂でも人を殺していたんだ。更に丑松殺しと、おてい殺し……巳之助は相当な悪党だが、親父さん、金平、よろしく頼むぜ」

吉蔵は険しい顔で二人に言った。

七

おていが時折遊びに行っていたという両国橋西袂にある水茶屋が『萩《はぎ》の屋』だと分かったのは、翌日のことだった。

金平が走り回って調べて来たのだ。女将の名は、おみさというから間違いない。大家の言っていた名と一致したと吉蔵は思った。

金平から知らせが来ると、吉蔵はすぐに両国に走った。

既におみさは、金平からおていが殺されたことは知らされていたらしく、吉蔵が店に入った時には、泣きはらした目をしていた。

「親分さん、嘘じゃないんですね。本当におていさんは、殺されたんですね」

おみさは念を押した。

「残念だが、金平が言った通りだ」

「なんて不幸せな人なんだろ……可哀想で、気の毒でなりません」

「女将はおていさんと女中奉公していたらしいが、どこで奉公していたのか教えてくれねえか」

　吉蔵は言った。

「はい、お旗本の八木彦左衛門《やぎひこざえもん》様のお屋敷ですよ」

　おみさは、ちょっぴり得意そうな顔で言った。旗本の屋敷に女中奉公したという事実は、女の履歴においては自慢出来る事柄だ。

「八木彦左衛門様といえば、確か下谷の……」

　吉蔵が尋ねた。岡っ引になる前に坂崎家にいた頃、用事をいいつけられて下谷の武家屋敷を切り絵図を見ながら歩いたことがあって、八木の屋敷も覚えがあった。

「そうです。お屋敷は下谷にあります。私たちが女中をしていた頃は、八木様は御先手御弓頭《おさきておゆみがしら》を拝命していて、千二百石を賜っておりました。私とおていさんは下の女中でした。奥の女中も老女を入れて八人前後が常におりました。女中だけでも十五人以上いた訳です。その人いて、掃除の者も三人おりました。女中だけでも十五人以上いた訳です。その中で、おていさんは美しい顔立ちをしていましたし、機転も利く人だったので、奥方様もたびたび褒めてくださって、おていさんは喜んでおりました……ところが」

おみさはここで、声を詰まらせた。

「何だね……どのような話も聞きてえんだ。殺しに繋がる何かがあるかもしれねえからな。些細なことでもいいんだ、それが事件を解明することだってあるんだから」

吉蔵が声を掛ける。

「ええ、分かっています。お話しします。おていさんを殺した下手人を捕まえてほしいですから」

おみさがそう言って話したことは、驚きの内容だった。

その話とは、おていと八木家の三男坊、八木彦三郎《ひこさぶろう》のことだった。

長男の八木彦一郎《ひこいちろう》は嫡子として育てられ、次男の彦次郎《ひこじろう》は十五歳で三百石の旗本に養子に入っていた。

残るは三男坊の彦三郎だったが、少しどもりがあって、養子の口は見付からず、部屋住みとして暮らしていた。

屋敷の中でも離れに住んでいて、おみさやおていたち下の女中が世話をしていた。

彦三郎が二十五歳になった年のことだった。離れの掃除をしていたおていが、彦三郎に襲われて体を奪われてしまったのだ。

その晩、泣きながらおていはおみさに打ち明けてくれたのだが、おみさにはどうしてやることも出来なかった。

だが、その後も彦三郎はおていを名指しして自分の部屋に呼び、情交を重ねるようになっていた。

奥方の耳にも入っている筈だったが、黙認されていて、おていを助ける者は誰もいなかった。

女中たちは、二人がどのような関係になっているのかむろん知っていたが、知らぬ顔をして暮らすしかなかった。

しかし、最初あれほど泣いていたおていが、だんだん彦三郎にひかれていったようで、恋心を持つようになったのを、おみさは知った。

やがておていは老女から、

「二人の関係は他言無用。また、どんなに深い仲になったとしても、お前を彦三郎様の嫁にすることは出来ぬゆえ、肝に銘じておくように。これは、殿様と奥方様のお気持ちでもあるのだ。よろしいな」

厳しく言われたのだった。

まもなく、おていは身ごもった。

老女は堕ろすよう命じたが、おていは産むと決心して屋敷を抜け出した。居場所は誰にも知られぬように、さる長屋に入っていたのだが、そんなことでお屋敷の者が見逃す筈もない。

出産した三日後には、屋敷から使いが来て、おていに金三十両を手渡したのち、赤子を連れ去ってしまったのだ。そしてその赤子は里子に出された。

里子に出される前に、せめて名前だけ付けさせてほしいと彦三郎が奥方に懇願し、おはなと名付けられたということだった。

吉蔵も金平も呆然としていた。四十過ぎまで男も知らない女だと思っていたおていの意外な過去だった。

「おていさんには、娘がどこに養子に出されたのか知らせなかったと聞いていいます。でもおていさんは、いつか会える日が来るかもしれないと気持ちを切り替えて、手切れ金で奈良茶漬けの店を開きました。私がお屋敷を辞して、このお店を持ったのは、ずっとあとだったんだけど、おていさんは奈良茶漬屋をやっていた頃から、ここに遊びに来てくれて、お互い愚痴を言ったり、慰めあったり……。そのおていさんがつい最近、娘の養子先が分かったんだって喜んでね……それが、こんなことになるなんて」

おみさはそう言って悔しがり、

「だっておていさんの不幸せは、お屋敷に奉公していた時だけではありませんもの。奈良茶漬屋をやっていた時も酷い目に遭っていますからね」

しみじみと言う。

吉蔵が言った。

「巳之助という男だね」

「そう、その巳之助という男には、あの人、散々な目に遭っているんですよ。貯めていたお金、ぜーんぶ持っていかれたんですから。そのためにお店は潰れて……私だったら、どんなことをしても探し出して殴ってやりたい、いいえ、殴るぐらいじゃおさまらないわね。盗んだお金に利子をつけて返してもらいたいですよ」

興奮して話していたおみさが、あっと思い出して、

「そういえば、最後にここに来た時、八日前のことですが、恐ろしいものを見てしまったって言っていましたけど、あれは何のことだったか……」

そう言ったのだ。

「恐ろしいものを見た……何ですかそれ」

金平が訊く。

「分かりません。でも、こんなことを言っていました。私は今まで人を恨めば自分の心が惨めになる、そう思っていたけど、それは人によりけりだって。絶対許しちゃ駄目な人間はいる。そんな奴は恨んでいいんだって」

吉蔵は、金平と顔を見合わせ、おみさに訊いた。

「もしやその、許しては駄目な人間というのは、巳之助のことじゃねえのかい」

「そうかもしれません。いえ、きっとそうですよ。だっておていさんは、自分に今蓄えがあれば、娘にしてやりたいこともあるんだって言っていましたけど、巳之助って男にお金を盗まれていなければ、母親らしいことも出来たんですから」

おみさは言った。

おはなの話が載っていたよみうりは、大伝馬町にある『一文字屋《いちもんじ》』が出していたことが分かった。

清五郎が昔のつてを頼って調べたところ、主は幸介《こうすけ》という若い男で、よみうり屋としては三代目のようだが、北町の奉行所とも繋がりがある店だった。

つまり巷の情報を得る時に一文字屋は随分と協力的で、逆に許される範囲で役人たちが探索話を教えてやることもあるという、そういう店だった。

吉蔵が清五郎と訪ねた時、丁度幸介は店にいた。店には十人ほどの職人が、それぞれの役目を担《にな》って立ち働いていた。

「このよみうりの記事にある、おはなさんという人について尋ねたいことがあるのだが……」

吉蔵が、北町の菱田平八郎から十手を預かっている者だと身分を明かして、おていの部屋に保管してあったよみうりをみせると、

「ああ、菱田様の……何度かお目にかかった事がございやす」

幸介は、人なつっこい顔で、

「半年前にもおていさんという方が訪ねてきましてね。この記事に載っているおはなさんは、自分の娘ではないかと、それでいろいろ聞きたいとおっしゃって……」

おていがここに来ていたと言ったのだ。

「そうか、やはりここに来ていたのか……」

「そのおていさんですが、先日殺されたようですが、下手人は挙がったんですか」

幸介は訊いてきた。流石によみうり屋の耳は早い。

「いや、まだだ」

吉蔵は、そのおてい殺しの探索を今しているところで、おはなについて、こちらで知っていることを教えてほしいのだと告げた。

「おはなさんと殺しと、何か関係があると？」

幸介の目の色が変わった。

「下手人に直結することがあるという訳ではないが、おていさんが殺される原因にはなっていたんじゃねえかと考えている。なにしろおていさんは、このよみうりを見てから、娘を助けたい、金があれば助けられるのに、そんなことを言っていたようだ。こちらでよみうりを出すに当たって、おはなという人のことで何か心配するようなことがあったんじゃないかね……」

吉蔵は言った。

「そうですね、うちが調べて分かっていることは、おはなさん夫婦がやっている小間物屋は、一年前の昇竜で屋根が飛び、商品もどこかに飛んでしまって、大変な被害に遭っているんです。これはおはなさんの店だけではなくて、あの辺り一帯の家屋がやられています。突然、何の前触れもなく、海から巻き起こった天に昇る竜のような渦に巻き込まれて、家屋は次々と壊されていきました。むろん、人間も飛ばされて死人もたくさん出ましたので」

幸介は、その時のことを思い出して興奮した目で説明した。

「確かにそういうことがありましたな。魚が天から降ってきたという話もあったが……」

清五郎が言う。

「そうです。海上で起こった渦の中に、魚も一緒に巻き上げられていて、それであの一帯に魚を落として行ったという訳です」

幸介の説明に、清五郎も吉蔵も頷く。

「おはなさんの店は、店を建て直して再開した訳ですが、その時の借金が嵩《かさ》んで返済に苦慮していました。泥棒を捕まえて御奉行所から金一封を貰った。その額は大したものではなかった筈ですが、おはなさんは喜んでいましたね」

幸介はおはなから直接武勇伝を聞いている。

借金に困っている時に、泥棒が入って来た。

おはなは、ここで泥棒になけなしの金を持っていかれてなるものかと、怒りにまかせて泥棒を打ち据えたようだ。

「泥棒も馬鹿な奴ですよ。一年前の昇竜を知っていたならば、あの辺りの店には入りませんよ。痛快だったのは、おはなさんが泥棒を打ち据えている時、ご亭主は震えていたようなんです。おはなさんは一人で闘って勝ったんです」

幸介は笑った。

吉蔵は頷いた。おていが娘のために、金があればと悔やんでいた意味が分かった。

おていは娘の名前がおはなだということは知っていたが、小間物屋の内儀が本当に自分の娘なのかどうか、半信半疑でここにやって来ていたのだ。

「おはなさんの気丈さは、本人も気付いていないでしょうが、出生に由来しているように思いやした。おはなさんは、さるお武家から里子に出された人だったんです。苦労して育ったようですから、幼い頃から、この境遇に負けてはいけないと、負けるものかと、ずっと頑張ってきたのだと言っておりやした。生まれた時から甘える人はもちろんいない。父親の顔も知らないし、母親の顔も知らない。ただ、父は彦三郎、母はおていという人だったと、それだけは養母から聞き出していたらしいんですがね」

とにかくおはなという人は、気丈な女子《おなご》だと幸介は言った。

話を聞いていた吉蔵は、やぶからしという異名をもらっていたおていと、その強い意志は似ているように思った。

「幸介さん、おていさんにおはなさんの事情は話してやったんですね」

清五郎が訊いた。

「話しました。実の母だと知り、あっしもびっくりしましたからね。知っていることは話しました。そしたらおていさんは泣いていましたよ。もう、ぼろぼろと……。私ももらい泣きしましたよ」

吉蔵も清五郎も、神妙な顔で頷く。

「おていさんはその後、もういちどやって来ましてね」

幸介は話を続けた。

「二度目にやって来たのは八日前だったと思います。お金が手に入るかもしれない。入ったらその金を、おはなさんに届けてくれないかと言ったんです」

「おていさんが……」

吉蔵は聞き返す。

「そうです。おていさんは、自分は今更母親だなどと名乗れない。あのよみうりを見た篤志家が感心して寄越してくれたんだと、そう言っておはなさんに渡してもらえないかと言ったんです。あっしも断れなくて、その折には協力しましょう、そう伝えました」

「金が手に入る、そうおていさんは言ったんですか」

吉蔵は聞き返した。

「はい、そう言いました。私はその時、何か危険なことを考えているのではないかと心配しました。おていさんの表情も、ずいぶんと思い詰めたように見えましたので……」

吉蔵は幸介の話に納得がいった。

――おていは、金の工面をしようとして殺されたのだ……。

思い詰めて金策に走るおていの姿が目に浮かぶ。暗い気持ちになった。吉蔵が知っているおていの姿ではなかった。

金策に夢中になっていたおていは、自分が危険を冒していることも分かっていたのかもしれない。

だが娘を助けたい一心で、突撃していったに違いない。

「吉さん、丑松も金を手にすることに拘って殺されたんだが、おていさんもおんなじだ。危険を承知で深追いしたらしいな」

清五郎が言った。

八

「気の毒な方……人ごととは思えません。私もお旗本の家の下女中だった身、身につまされます」

吉蔵の話を聞いたおきよは、お茶を淹《い》れながらしみじみと言った。

「百姓町人はこの世で思い通りにならないことばかりだと、愚痴を言い、怒りをつのらせているのだが、お旗本の次男坊三男坊も一生飼い殺しというんだから、百姓町人より辛いかもしれねえな」

吉蔵は手に湯飲み茶碗を持った。

「お武家のお屋敷では、どの家でもあることです。坂崎家の場合は殿様の弟君友《とも》之助《のすけ》様は、御養子の口があって部屋住みの身分は免れましたが、御養子となる前に、よく似た話がありました」

「それは初めて聞いたな。あっしは友之助様のお顔も拝見したことはないのだが、何時の話だったのだ」

吉蔵は尋ねた。

おきよは坂崎家で何十年も下女中をしていた人だ。

吉蔵もほんの少し坂崎家に奉公したが、昔のことなど何も知らない。

「もう二十年も前の話です……」

おきよは、昔を偲ぶように話し始めた。

坂崎家の次男坊友之助は二十歳になっても養子口が決まっていなかった。

養子口が無くても、何かのお役を賜れば、別家を立てて暮らすことも出来るのだが、友之助にはそのような声は掛からなかった。

残るはしかるべき家の養子になることだが、まだそのような声は掛からなかった、そんな頃だ。

殺されたおていのように、下女中のおまつという女が、友之助と情交を重ねるようになったのだ。

おまつは、友之助付きの女中だった。

おきよたちは、おまつと友之助が、何があっても離れられない間柄になっていくのを目《ま》の当たりにしていた。

おまつの同僚の中には、おまつが友之助の愛情を受けていることに羨望と嫉妬を抱いている者もいたが、大方の下女中たちは、二人がいずれ迎えるであろう結末を案じていた。

やがておまつは懐妊した。すると老女から堕胎するように命じられた。

友之助はその話をおまつから聞いて、屋敷地の別棟にある古い小さな家で、おまつと暮らすことを両親に懇願したが、受け入れて貰えなかった。

その別棟の小さな家は、友之助の伯父に当たる人が、六十年の生涯を終えた家だった。つまりその伯父も坂崎家の厄介者で、当主の目に触れぬところで、ひっそりと暮らしていたということだ。

友之助はまだ若い。おまつとの情交は許していても、伯父が暮らした家で生涯を終えることは、両親としては耐え難い。

おまつは厳しく堕胎を迫られることになった。

これ以上逆らえば、自分を坂崎家の女中に送り出してくれた宿元の伯父夫婦にも迷惑がかかる。

苦しい局面になっていたその時に、友之助の養子先が決まった。ますますおまつとの事は清算しなければならなくなったのだ。

友之助も最初は養子を拒否していたが、次第にそちらに心が動いたらしく、おまつを部屋に呼ぶことが無くなった。

友之助の心変わりを察知したおまつは、屋敷を抜け出して、大川に入水し、亡くなったのだった。

「おまつさんはね……」

おきよはそこまで話すと、お茶で喉を潤してから、

「おまつさんが大川に入って行くのを見た人の話では、ためらいは見られなかったと聞いています。真面目な女ほど一途ですから、友之助様をお慕いする心が強ければ強いほど、友之助様や世の中に失望したのかもしれません。吉蔵さん、私は初めにおていさんの話を聞いた時、何故夜鷹相手に甘酒を売ってるのかしらと、怪訝に思っていました。でも今、こうして吉さんに更に詳しい昔の話を聞き、おていさんの一生を思うとたまらない気持ちがします」

おきよは、しみじみと言った。

「あっしもいろいろと考えさせられました。おていさんもそうですが、娘のおはなさんが親の顔も知らずに育ってきたことを思うと……あっしも似たようなものですからね、胸が痛みます」

吉蔵はだからこそ、おていを殺した悪党を、この手でお縄にしなければと強く思う。

「吉さん、おはなさんのお父上は、今どうしているのでしょうね」

おきよは、ふっと思い出して言った。

「さあ……おはなさんの名は父親が付けたと聞いていますから、娘のことはずっと気になっているんじゃないかと思います」

吉蔵はそう言ったが、ふっと苦笑して、

「とはいえ、あっしの父親のような人もいますから……自分のことでいっぱい、いっぱい……子供のことなぞ忘れているお気楽な親もいますから」

吉蔵は苦笑した。

「忘れるでしょうか、子供のことを……私はずっと独り身できましたから子供を持ったことはありません。でも私の母親などは、つい最近、死ぬ寸前まで私のことを心配していたといいますからね。娘はとっくにお婆さんになっているのに……」

おきよは笑ったが、すぐに真顔になって、

「吉さん、吉さんの力で親子が会えるものなら、会わせてあげて下さいませ」

吉蔵の思案している顔を覗いた。


この日、吉蔵たちは急遽菱田平八郎に呼ばれて役宅に集まった。

平八郎の勧めで縁側に吉蔵たちが腰を下ろすと、佐世《さよ》がいそいそとお茶を運んで来た。

「さて、こたびの二つの殺しだが、上からいつまでかかっているんだと言ってきた。実は赤羽川近辺の百姓たちが水路の争いで喧嘩沙汰になっていてな、怪我人も出たらしい。手が空いたら後片付けを手伝って欲しいと言って来た。非番とはいえ、こちらは殺しの事件二つを抱えたままだ。一応断っておいたのだが、目鼻がつきそうか？」

平八郎は、吉蔵たちの顔を見渡した。

「まだ下手人の姿は、はっきりとは見えていませんが、ここ数日が肝心なところだと思っていまして……」

吉蔵は、これまでの二つの探索を報告した。

「そうか……しかし、これは俺の勘だが、二つの殺しは同一人物の仕業ってことも考えられるな」

平八郎は言った。

「へい、おっしゃる通り、丑松は殺される場で、相手をミノと呼んだことは船頭の証言で分かっています。一方、おてい殺しですが、これまでのおていの動きや、おていが過去に被害に遭った話を合わせると、巳之助という男の名が上がってきます」

「ふむ」

平八郎は腕を組む。

「ミノと巳之助は同じ人物だと考えています。ところが今どこにいるのか浮かび上がってこねえんです。旦那の書き付けを持って石川島に行って話を聞きましたが、肝心要《かなめ》のところが抜けているんですよ」

清五郎が言う。

「よし、もう一度丑松と一緒に御赦免になった島八を問い詰めてみろ。何か思い出すかもしれんぞ」

すると直ぐに金平が言った。

「旦那、昨日あっしは親分の命で島八に会いに行ってきやした。ところが、奴は姿をくらまして、同居している伯母も行き先は知らねえと言うんでさ」

「何……島八が姿を消したのか？」

平八郎は組んでいた腕を解いて、吉蔵を見た。

「旦那、あっしが思うに、島八は丑松が誰に殺られたのか初めから知っていて言わなかったのでは……それとも今になって分かったたか。いずれにしても下手人が誰なのか知っていると考えます。そうすると、島八が今姿を消したのには、二つ理由があると思います。ひとつは、自分が丑松に代わってその者を脅し、金を手に入れようとしている」

「うむ」

平八郎は頷く。

「もうひとつは、自分は丑松と仲が良かった、それを知った丑松殺しの下手人が、今度は自分を狙ってくるんじゃないかという恐怖で姿を消した……」

「なるほど」

「その二つが考えられます。いずれにしても、島八を探し出すことが第一かと……。

また、並行して、おていが殺された不忍池周辺を洗ってみることです。おていはきっとどこかに立ち寄っている筈だ。その場所をつきとめれば、おていが誰に会っていたか分かるかもしれません」

「よし、吉蔵の言う通りだな。親父さんと金平は、人足寄場繫がりで島八を探し出してくれ。わしは不忍池に出向く。吉蔵も今すすめているおてい近辺の探索に目処をつけたら、不忍池に来てくれ。落ち合う場所を決めておこう。上野元黒門町に三橋を見渡せる水茶屋がある。見知った店だ、よいな」

平八郎は言った。

吉蔵たちは平八郎の役宅を出ると、そこで別れた。

そして両国の萩の屋の女将おみさと待ち合わせて、下谷にある旗本八木彦左衛門の屋敷に向かった。

おみさが一緒なら屋敷に入れる。そう思っておみさに頼んだのだ。

案の定、おみさが門番に名を告げると、すんなり屋敷の中に入れた。

「あの門番、良く知っている人だったのよ。でなきゃあ、なかなかね。すぐには入れてくれないけど」

おみさは笑って、屋敷の勝手口に回った。

「あら、おみささんじゃない」

台所に入って行くと、下女中たちが懐かしそうに寄って来て、

「あら、その方は、まさか年のはなれたご亭主じゃないわよね」

太った下女中が、吉蔵を見てにやりと笑う。

「まさか、私が懇意にしている人なんですよ」

おみさは、さらりと躱《かわ》すと、両国で売っている有名な五色団子を皆の前に置いた。

「あとでおやつに食べてくださいな」

「うれしい……これ、両国で有名な五色団子でしょう？」

若い下女中が訊く。その顔はおみさは初めてだったが、嬉しそうな顔にほっとしている。

「こういうお客様なら、三日にあげず来ていただきたいものね」

太った下女中が言った。

下女中たちは、この団子で、おみさばかりか、くっついて行った吉蔵にもすっかり親しそうな視線を投げてくる。

「ところでさ……」

おみさは、頃合いを見て、小さな声で昔の仲間たちに訊いた。

「彦三郎様、お元気になさっていらっしゃいますか」

下女中たちの顔が一瞬強ばった。

吉蔵は固唾を呑んで、女中たちの顔を見る。

「それがさあ……」

年長の下女中が、首を横に振った。おくまという女だった。

「百姓仕事をしていた義兵衛《ぎへえ》爺さんが暮らしていた家があったでしょう。義兵衛爺さんが昨年亡くなって畑をしてくれる人が通いになっているんです、葛西《かさい》のお百姓さんにね……それで義兵衛爺さんが住んでいた家は不用になってね。そしたら突然彦三郎様が自分が住むのだと言い出して、お屋敷から引っ越してしまったんです……」

おくまの話に、おみさは驚いた。

そして吉蔵に説明した。

八木の邸内では二坪ほどを野菜畑にしている。義兵衛という爺さんは、屋敷内の畑の側に住み着いて野菜を作っていた人だが、亡くなったあと、彦三郎がその家に住み始めたというのである。

大身旗本と言われるような武家の屋敷は、千坪二千坪という広大な土地にある。するとと大方の屋敷では、畑を作っていて、そこには専属の百姓が住んでいるのだ。

これは旗本屋敷だけの話ではない。

多くの大名家でも、中屋敷や下屋敷、それとは別に借り上げた屋敷地などで、百姓たちに野菜を作らせている。

「実は、彦三郎様に、お知らせしたいことがあるんだけど……以前と言っても、二十五年以上も前のことだけど、ここで奉公していた、おていさんが亡くなってね」

おみさが告げると、下女中たちは驚いたようだった。

下女中の半分は、おていを知らない。だが、彦三郎との哀れな別れは言い継がれてきて皆知っている。

おていが子を産んだことも、その子が、無理矢理引き離されて養子に出されたことも承知だ。

おみさは、おていが屋敷を出た後に暇を貰っている訳だが、おていと違って円満に屋敷を辞していることもあって、年に二度ほどこうして昔の仲間を訪ねて来ている。

だから下女中たちが、おていのことをどのように思っているか良く分かっている。

下女中たちは、同じ境遇の女としておていをとらえ、彦三郎とのことについては心を痛めながらも、下女中だって大身旗本の子息と心を通じ合うことが出来るのだと、ひそかに溜飲《りゅういん》を下げている部分もあるのだ。

また、奥方様を世話する奥女中たちと違って、身分の低い下女中たちの結束は固く、こうした場面に立つと、おていと彦三郎に味方して守ってやりたいという強い気持ちを持っている。

「分かった、彦三郎様にお知らせしてあげて下さい。私たちは誰にも言わない。安心して……」

おくまが年長者として、下女中たちを代表して言ってくれた。

そして念のためと思ったか、仲間の顔を見渡して、

「私たちの下女中の掟を破った者は、私がただじゃあ済ませないよ。ここにはいられなくなるということを忘れないでおくれ。今日のことは、見ざる、言わざる、聞かざるだよ」

強い口調で言った。

吉蔵は、台所に入った時から外に出て来るまで、黙っておみさたちのやりとりを見ていたが、女の世界の凄さを垣間見て驚いていた。

九

おみさに連れられて、吉蔵は屋敷の裏手の林を抜け、畑が広がっている一画に出た。

「あの家です」

おみさは、畑に入る角にある小さな板葺きの家を指した。

近づいて声を掛けたが、人の気配はなかった。

そっと部屋の中を覗くと、板の間があり、その奥のひと部屋が座敷になっていて、そこには布団が敷きっぱなしにしてあった。

また座敷には、たくさんの書物が積んであって、何かを書き留めているのか、文机には書き物をした紙が重ねてあるのが見えた。

おみさは外に出て、畑の方に向かった。

先ほどは気がつかなかったが、畑の際に積んである薪の束の上で、五十歳ほどの痩せた男が、煙草を燻らせていた。

おみさは、吉蔵を連れて近づくと、

「彦三郎様……」

声を掛けた。

「おみさか……」

彦三郎は驚いた様子だった。

「どうしたのだ、お前は辞めて水茶屋を開いていると聞いていたが……」

彦三郎は、ひとなつっこい顔で笑みをみせた。

下女中たちが考えても、彦三郎が背負わされている境遇は堪忍できるものではない。

今までおみさもそう思ってみてきたが、目の前にいる彦三郎は、体の中の毒が全て抜け出たような、穏やかな顔をしていた。

「岡っ引の吉蔵と申します」

吉蔵は、おみさに紹介されて名を名乗った。

「岡っ引がわしに用事とは、何の話だね」

彦三郎は怪訝な顔で吉蔵を見た。

「実は申し上げにくいのですが、おていさんが何者かに殺されまして……」

「何……」

彦三郎は仰天し、そしてぶるぶる震えだした。

「なんと不幸な女だ……」

呟いてじっと一点を見詰めていたが、

「誰に殺されたのだ」

険しい表情で吉蔵を見た。

「今下手人を捜しているところですが、おていさんは、あなた様との間に出来たおはなさんが今苦境にあるのを知って、助けてあげようと金策に走っていたことが分かっています。しかし、金策はおろか、娘さんに一度も会うことなく殺されてしまいました。おていさんの無念を思う時、せめてあなた様が、娘さんに一度でいい、会ってあげて頂けないものかと……」

「……」

吉蔵は、苦渋の顔を俯けて聞いている彦三郎を見る。

「こちらのおみささんから聞きましたが、おはなという名は、あなた様が是非にと母上様に願って命名されたとか……そういう事情ならばと伺いました。探索とは関係ない話ではありますが、両親との縁が薄く、孤独を武器にして前向きに暮らして来た娘さんのようですが、あなた様に会えば、心に力が湧いてくるというものです。生意気なことを申しましたが、どうにも放っておけなくて、おみささんに無理を言ってこちらに参りました」

吉蔵は頭を下げた。

あとは彦三郎の意に任せるしかあるまいと、おみさに頷き、引き返そうとしたその時、

「吉蔵と申したな」

彦三郎が顔を上げた。

「へい」

吉蔵は見返した。

「おていは一度、ここに来た」

彦三郎は言った。

「えっ、ここに……」

吉蔵は驚いて、おみさと顔を見合わせた。

「そなたが今言ったような話をわしにするためにな」

「何時のことですか？」

「十三日になる」

「すると、殺される少し前だな」

吉蔵は呟く。

「おていは、おはなは夫婦で店を営んでいるが、資金繰りが大変らしいと話していた。その話はよみうり屋から聞いたらしいが、たった一度でいい、親子が揃って顔を合わせる日がくればいいなどと世迷い言を言っておった。そんな日がくるものかとわしが笑うと、きっと来る、その日を迎えることが出来たなら死んでもいいと……わしは黙って聞いてやった。なにしろわしは、娘の前に顔を出せる父親ではない。金も力もない痩せた初老の男だ。そんなわしに、突然会いに来て、縷々《るる》と望みを披露して帰って行った訳だが、帰り際に、昔私のお金を盗んだ男が見付かったんだと言っていた。その男に金を返してもらうことが出来れば、夢は叶うかもしれないと……あれは今になって考えれば、別れを言いにきたのかもしれぬな。この屋敷を出てから今まで、一度も会ったことはなかったのだ。それが、い門番に金を摑ませて無理矢理ここに押し入ってきた。死ぬと分かっていれば、いつかお前の夢を叶えようと言ってやればよかった……」

話しているうちに、彦三郎は声を詰まらせた。

全てを達観して暮らしていたと思った彦三郎の動揺に、吉蔵は胸が痛んだ。

「すまない……この醜態を笑ってくれ」

彦三郎が言った。

「いえ、とんでもねえ」

吉蔵は彦三郎の気持ちが治まるのを待って尋ねた。

「彦三郎様、先ほどの話をお聞きして、おていさんが誰を捜していたのか、はっきりと分かりました。巳之助という男だと思いますが、男の名前は聞いてはいませんか」

巳之助とは情事を重ねていたおていだ。彦三郎には名前までは告げていないのかもしれないと思ったが、

「名前は言わなかったが、そやつは、池之端の仲町にある花菱屋という料理屋の主に収まっているらしいと言っていた」

「なんと……池之端仲町の花菱屋……」

吉蔵は仰天して聞き返した。

「そうだ、花菱屋と聞いた」

彦三郎は、はっきりと言った。

「ごめんなすって……」

吉蔵は、おみさに礼を言うと急いで屋敷を出た。


下谷から元黒門町までは、ほんのひとっぱしり。吉蔵が水茶屋に到着した時には、平八郎は団子を食べながら吉蔵を待っていた。

だが、吉蔵の顔色を見て、

「その様子じゃあ、何か分かったな」

平八郎は手にある湯飲みを置いた。

「へい、彦三郎様にお目にかかったのですが、おていさんは殺される数日前に彦三郎様に会いに行っておりやした」

「何……昔に奉公していた屋敷の三男坊にか」

「へい、で、その時に、昔自分の金を盗んでいった男を見つけたんだ……その男はいま花菱屋という店の主に収まっているんだと話して帰って行ったというんです」

「たいへんな話じゃないか……花菱屋といえば、池之端仲町にある料理屋だぞ」

平八郎も驚きを隠せない。

「そうです、その花菱屋です。おていさんから金を奪って逃げた男は、店では善兵衛と名乗っているらしいが本当の名は巳之助ですから」

吉蔵がそこまで言うと、平八郎がその後を口に出した。

「花菱屋の主は巳之助、おていはその巳之助を捜していた。ということは、おていは花菱屋の主になっている巳之助に殺されたのか」

吉蔵は頷いた。

「そのように考えられます」

「よし、張り込んで捕まえて、吐かせるのだ」

平八郎は立ち上がると、

「俺も二、三回、あの店には上がったことがある。花菱屋の向かいには居酒屋があった筈だ。そこで張り込むぞ」

立ち上がったところに、清五郎と金平がやって来た。

「すまねえ、島八を見付けることは出来ませんでした」

清五郎は謝ったが、

「いいんだ、見当はついた。花菱屋を張り込んで、有無を言わさぬ証拠を摑むんだ」

平八郎は、吉蔵たちを引き連れて、池之端仲町の花菱屋の向かい側にある居酒屋に入った。

「ああっ」

金平が声を上げた。

なんと島八が窓際に座って、熱心に向かい側を睨んでいたのだ。

「島八、ここで何をしているんだ」

金平が走り寄って島八の襟首を摑んだ。

「な、何をするんだよ」

島八は叫ぶ。すると店の女将が飛んで出て来たが、同心と岡っ引が揃っていることに驚いて立ち尽くした。

「どうしてここにいるんだと訊いている」

吉蔵が問い詰める。

「どうしてって、丑松の敵をとってやろうと思ったんだ」

島八は、泣きそうな顔で言ったが、

「違うな、丑松の敵というのなら、なにもかも知っていることをあの時、話してくれた筈だ。だがお前は何も聞いていないと嘘をついた。お前は、丑松から大坂で質屋の老夫婦を殺した男の話を石川島の人足小屋で聞いていた。ただ、その時は巳之助という名前は聞いていなかった。それは分かっている。ところがお前は、丑松と一緒に御赦免になって同じ船に乗ってシャバに戻って来たんだ。その時か、或いは船を下りたあとなのかは知らないが、お前は人殺しは巳之助という名前で、花菱屋の人間だということを聞いたんだ。そこでここで奴の出て来るのを張っていた訳だ」

「そ、そんな……」

島八は狼狽する。

「島八！」

吉蔵が一喝すると、

「すまねえ、おっしゃる通りで……あっしは丑松から、大坂での人殺しは巳之助だと聞いていました。またその巳之助が、花菱屋の主になっているのだと……」

金平は、摑んでいた島八の襟首を手放した。

「島八、あの男はおめえさんの手にはおえねえぜ。俺たちに会ったことは運が良かったと思ってあきらめるんだな……一足遅かったら、おめえさんは殺されていたにちげえねえんだ。つまらねえ気を起こすんじゃねえ。深川の伯母さんのところでやりなおすんだ。こんなことをやっていると、また石川島に送られるぞ」

清五郎がドスのきいた声で言い含めた。

島八は、きまりわるそうな顔で頭を下げると、あたふたと帰って行った。

「女将、あの男は、いつからここで見張っていたのだ？」

平八郎が尋ねると、

「今日からです、花菱屋という店をさんざん捜して、ようやくここだと分かったようです。旦那、花菱屋の善兵衛さんは、余程の悪人なんですね。もう十日近くになりますが、おていさんという方も、ここで見張りをしていたんですよ」

女将のこの言葉に、吉蔵たちは驚愕して、互いに顔を見合わせた。

「そうか、おていさんもこの店で張っていたのか」

清五郎は言って、女将に訊く。

「ええ、三日ほどここに、そして善兵衛さんが出て来て、そうそう、善兵衛さんはいつも若い衆を連れて出かけるんですが、あの日もそうでした。二人は連れだって出かけて行ったんです。おていさんは慌てて追っかけて行ったんだけど、それっきり戻って来ていません。心配しているんですよね」

女将は言った。

「おていさんは殺されたんだよ、女将……」

吉蔵が告げると、女将はあっと口を押さえて、

「まさかそんな……可哀想に……」

頰を両手で覆った。

「そこでだ、ここでしばらく張り込みたいのだが、良いかな？」

平八郎が尋ねると、

「どうぞ、もちろんでございます。何でもおっしゃってください。私に出来ることがあれば協力いたします」

女将は言った。

十

吉蔵たちが居酒屋で張り込みを始めたその夕刻には、善兵衛が表にふらりと出て来た。

「ああ、出て来ましたよ。このお客の混む時に、気楽なもんだよ」

居酒屋の女将は、花菱屋の表に出て来た男を指した。

「あれが善兵衛か？」

平八郎が訊くと、女将は大きく頷いて見せる。

「供の者を連れてないところをみると、妾のところに行くんですよ。まったく、どこまで身勝手なのか」

女将の言葉を最後まで聞く前に、

「金平、一緒に来てくれ」

吉蔵は表に飛び出した。

善兵衛は鼻歌を歌いながら、ぶらりぶらりと三橋に出て、下谷広小路を突っ切ると、御成道に入った。

まっすぐ神田川に向かって歩いて神田相生町《あいおいちょう》の仕舞屋《しもたや》の前に立った。

格子戸のある小綺麗な家だ。家の中からは三味線が聞こえる。

善兵衛は、ふっと笑って、格子戸を開け、家の中に入った。

「おい、庭に廻るぜ」

吉蔵は、枝折り戸《しおりど》から三坪ほどの庭に滑り込んだ。

三味線の音は止み、女の甘えた声が聞こえる。

「ちぇ、やってられねえや。あんな男のどこがいいんだ」

金平はぼやく。

「馬鹿、金だよ。金さえ見せれば女は歳や顔立ちや体つきなんて問題にしねえんだよ」

吉蔵が言った。

「ほんとですか、その話……夢が壊れちまいましたよ」

「しっ」

吉蔵は、口に指を当てて声を出すのを制止した。

善兵衛が庭に面した障子を開けたのだ。

「旦那、しばらくここに来ないって、どういうことなんですか。あたしが嫌いになったのね」

善兵衛の背後で、不服そうな女の声がする。

「嫌いになった訳じゃないよ」

善兵衛は、庭を眺めながら言う。

吉蔵と金平は、前栽《せんざい》の中に身を低くした。

「だったら何よ……」

女が食い下がる。

「近頃妙な人間がうろちょろしてる。こっちも叩けばほこりの出る体だからな。しばらく神妙にしていなければ何もかも失うことになる。そうなれば、お前とこうして会うことも二度とできなくなるんだぞ」

善兵衛は戸を開けたまま、部屋の中に入った。

「分かりましたよ、じゃあどれだけ待てばいいのかしら?」

「一月《ひとつき》だ。一月何も無ければまたここに通って来る。その間、男を引き入れるんじゃねえぜ。もしも俺を裏切ったら……」

「旦那、分かってますよ。裏切る訳ないじゃありませんか」

痴話に、吉蔵は石ころを拾って、玄関に投げつけた。

大きな音がした。

「誰だ!」

善兵衛は驚いて玄関に出て行き、辺りに入念な視線を送っていたが、部屋に引き返すと、

「帰る、今言ったこと、いいな」

善兵衛は、慌てて部屋を出て行った。

「金平、お前、善兵衛を尾けろ」

吉蔵は金平に命じると、自身はまだそのまま前栽の陰に身を隠した。

善兵衛が仕舞屋を去って行く足音が消えると、それを待っていたように、

「ちぇ、なんだよ」

女はひとりごちて、煙草盆を手に、縁側に出て来た。

そして、すぱすぱと煙草を吸い始めた。

――あっ……。

吉蔵は思わず声を出しそうになった。

女が持っている煙管は、おていが持っていたあのギヤマンの煙管だったからだ。

吉蔵は庭から縁側に飛び上がった。

「ひゃっ」

仰天した女の手から、吉蔵はギヤマンの煙管を取り上げた。

「この煙管、どうして手に入れたんだ……言え！」

吉蔵は十手を抜いて女に突きつけた。

「し、し、知らないよ。貰ったんだ」

「誰に……善兵衛か」

「そうだけど、どうしてこんな目に遭うのさ」

女はふてくされた顔で言う。

「ふん、この煙管はな、おていという人の持ち物だったんだよ。そのおていさんは殺されたんだ。下手人が奪っていったに違いないと調べていたんだ。まさかおめえが、おていさん殺しの下手人じゃあ、あるめえ」

きっと女を睨んだ。

「冗談じゃないよ。人殺しなんて知らないよ。この煙管は、善兵衛の旦那に貰ったんだから」

女は叫んだ。

「ようし、今の話、いずれ白洲で話してもらうことになる。立ちな」

吉蔵は促した。

「あたしゃ、殺しなんてやってないって」

「一度番屋に来てもらおう。このまま逃げられたんじゃあ、こっちが困るんだ」

吉蔵は怒りにまかせて女に言った。

吉蔵は、相生町の番屋に女を預かってもらうと、平八郎たちが待っている居酒屋に戻った。

金平は既に戻っていて、善兵衛は花菱屋に居るという。

吉蔵は女から取り上げてきたギヤマンの煙管を平八郎に見せ、下手人は善兵衛だと告げた。

「ようし、これで縄を掛けられる」

平八郎は、清五郎と金平を料理屋の裏木戸に回らせると、吉蔵を従えて花菱屋の暖簾《のれん》をくぐった。

「いらっしゃいませ」

迎えてくれた女中が、二人を見て怪訝な顔になった。

「主の善兵衛を出してくれ」

平八郎が言う。

女中は平八郎の険しい顔つきに仰天して、

「女将さん、女将さん……」

奥に向かって叫んだ。

まもなく小柄な女が出て来て、

「女将でございますが……」

手を突いて、平八郎と吉蔵を見た。

「主の善兵衛に、丑松殺し、おてい殺しで縄を掛ける。ここに出て来るように」

平八郎が言ったその時、奥の方で、慌ただしく走る足音が聞こえた。

「いかん」

平八郎と吉蔵は、店の中に飛び入った。奥に走ると、長い廊下を善兵衛と若い衆が走っている。

「待て待て」

平八郎と吉蔵が追う。

だが、二人は庭に走り下りると、一気に裏木戸に走って行く。

「吉蔵！」

平八郎が叫んだその瞬間、吉蔵は懐に手を突っ込むと、びゅんと音を立てて鉛を先に付けた糸を投げた。

「ああっ」

善兵衛の足首に、吉蔵が投げた糸が瞬時に巻き付いた。同時に善兵衛は音を立てて庭にひっくりかえった。

「金平、親父さん、そいつを頼むぞ！」

吉蔵は、もう一人の男の前に両手を広げた金平と清五郎に叫んだ。そして、手にある糸をぐいぐいと引き寄せながら善兵衛に近づいて、俯《うつぶ》せになっている善兵衛の髷《まげ》をむんずと摑んで顔を起こすと、

「神妙にしろい」

腕をねじ上げて、縄を掛けた。

「くっ、苦しい」

「丑松を殺し、おていを殺した。証拠は上がってるんだ」

吉蔵は、怒りの声で言い放った。

十一

巳之助こと善兵衛と、善兵衛の手下で花菱屋の若い衆市之助が、奉行所の白洲で裁かれて斬首されたのは、梅の季節が終わって、桜が咲き始めた頃だった。

巳之助と名乗っていた頃の善兵衛の悪行――大坂での老夫婦殺しに加えて、丑松殺し、おてい殺害も全て立証されたのだった。

丑松殺しについては、吉蔵たちが想像していた通り、大坂で質屋の老夫婦を殺害した一件を持ち出されて、三百両という大金を口封じと引き換えに寄越せと脅されたことで、市之助に手伝わせて殴る蹴るの暴行を加えたのち、匕首で殺したのだと白状した。

また、おてい殺しについては、以前盗んだ金を返せと迫られて、不忍池のほとりにある小道におていを誘い、藪の中で刺し殺したということだった。

いずれも、善兵衛が常に携行していた匕首で殺したのだと分かった。善兵衛の匕首には血のくもりがとれないまま残っていて証拠となった。

また、善兵衛はおていを殺した時に、財布と一緒にギヤマンの煙管と、おていが娘のおはなに渡そうと一針一針縫って作った鶴の刺繡がしてある紙入れ、それに手鏡も盗っていた。

この三つの品は囲っている妾に渡していたが、妾の証言もあり、白洲の詮議において、善兵衛にぐうの音も出させぬ証拠となったと聞いている。

一連の事件が解明され、善兵衛たち二人の処刑が行われ、おていの四十九日を迎えたのは、桜が満開になった頃だった。

おていの遺体は火葬され、遺骨は大家が預かって供養していた。

身内の者が判明すれば渡してあげたいし、万が一見付からない場合は、無縁墓地に葬るしかない、大家はそのように考えていたようだ。

また大家は、おていが貯めていたお金から葬儀費用の金一分を差し引いた十四両三分と、おていの家財道具や着物などを売り払ったお金十両あまりも預かっていて、これも身内の者が見付かれば渡してあげようと考えていたらしい。

おてい殺しの事件が解決したのちに、おていにはおはなという娘がいると吉蔵が大家に伝えてやった。

そこで大家は、吉蔵を見届け人にして急遽おはなに会い、おていの遺骨と遺品を渡してやったのだ。

おはなはその後、自宅近くにある円妙寺に、おていが残していた金で墓地を買った。

そうして今日、いよいよおていの遺骨を納めるべく、四十九日の法要が行われたのだった。

おていの墓は、桜が咲き誇る墓地の一画に有り、いままさに満開の桜の花が、おていを歓迎しているように思えた。

本堂での読経が終わると、おはなは亭主の益之助《ますのすけ》と、おていの遺骨を抱き上げて墓地に移動し、墓におさめた。

吉蔵たちも大家も、むろん法事に参列していた。

いよいよ墓での読経が始まる時、吉蔵は奉行所から払い下げて貰ったおてい殺害の証拠の品、ギヤマンの煙管と手鏡、それと紙入れを懐から出して墓に供えた。

「おはなさん、これはおていさんが肌身離さず持っていた煙管と手鏡です。そしてこの紙入れは、よみうりでおはなさんの存在を知り、いつか渡してやりたいと縫っていた紙入れです。平八郎の旦那が上役に頼み込んでくださいやしてね、それで今日、あっしが預かってきたんです」

吉蔵が告げると、おはなは丁寧に頭を下げた。

そして、ギヤマンの煙管と手鏡、紙入れを手にとって、まじまじと見詰めた。

「美しい煙管、それに手鏡……私の店は小間物屋です、たくさんの煙管や手鏡を並べておりますが、このように美しい品は初めてみました」

おはなは、袖でギヤマンの煙管をそっと拭き、手鏡で自分の顔を映して見た。

「おていさんは、どんな目にあってもくじけたりしない、這い上がって艶やかに生きてやる、そういう印象を夜鷹の者たちに与えていやした。夜鷹たちは、やぶからしの女として慕っていたんです。この煙管は、落ちぶれても心に華はあるのだという、おていさんの思いが込められているんじゃねえかと、あっしは思いましてね」

吉蔵は言って微笑んだ。

「ありがとうございます。私を産んだことで、母はお屋敷を追い出されたと聞いています。母がどんなに辛い思いで暮らして来たか、またその辛い思いを撥《は》ね除《の》けて暮らしてきたかを知りました。こうして私への紙入れもつくってくれていたことを思いますと、母は、母は……」

おはなは、こみ上げるものに言葉を遮られたようだ。

「おはな……」

益之助が、おはなの背中を撫でてやる。おはなは頷いてから、

「私は母の娘であって良かったと思いました。叶うことなら、たった一度でいい、生きているうちに会いたかった……」

またおはなの声は涙でつっかえて出せなくなった。

益之助が、また優しくおはなの背中をさすってやる。

「すみません、取り乱してしまって……私、皆様のおかげで、母の遺恨を晴らすことが出来たこと、心から感謝しています。親分さん、本当にありがとうござい

ました」

「いやいや、礼など無用だ」

吉蔵は言った。

「親分さん、私、母の顔も愛情も知らずに育ったと母を恨んだこともありましたが、母はずっと私の幸せを願ってくれていたのだと知り、これまでの辛い気持ちがふっとびました。大家さんから母の遺骨を受け取ってからは、毎晩母と話をしてきました。子供の頃に母を偲んで泣いたことも、自分を捨てた人だと憎んでいた頃のことも、また益之助さんと一緒になって幸せだということも、みんなみんなお骨に報告いたしました。毎晩話しました。さまざまなこと、母は頷いて聞いてくれたと思っています」

おはなは、ギヤマンの煙管と手鏡と紙入れを墓に供えて、

「おっかさん、ありがとう……」

感涙して手を合わせた。

吉蔵は胸が詰まった。自分も母の顔を知らずに育っている。

――うんと泣いて終わったら、おていの娘らしく陽気に暮らしてほしいものだ……。

見詰める吉蔵に、益之助もおはなを見守りながら吉蔵に話した。

「おっかさんが残してくれたお金は返済に使わせていただきました。どれほど助かったかしれません」

その時だった。背後に人の気配を感じて振り返ると、着流しの男が立っていた。

笠を被り、腰には小刀のみを帯び、手には白い花の枝を握っていた。

八木彦三郎だった。吉蔵が今日の四十九日の法要を知らせていたのだ。

「彦三郎様……」

吉蔵が頷くと、彦三郎はゆっくりと歩んで来た。

おはなが、怪訝な顔で迎えた。

「お参りをさせてくれ」

彦三郎は言った。

「あの、どなたさまでしょうか」

おはなは、尋ねながら、老武士の顔を見上げる。おはなの表情には、不安と期待の入り交じったものが交錯している。

「彦三郎だ。そなたの父だ」

彦三郎は、きっぱりと言った。

「父……私の父……」

どこかで期待していたように見えたが、はっきりと告げられると、流石に驚いた様子である。

「おはなさん、あっしがお知らせしたんだ。彦三郎様は、今はひっそりとお一人で野菜を育ててお暮らしだ」

「………」

「彦三郎様は、おていさんとおはなさんのことを、ずっと案じて暮らしてきたのだ。ご自身の気持ちが何一つ認められないお屋敷にあって、里子に出されると知った我が子に、はな、という名を付けてくれと懇願した。それが父親として出来る、たったひとつのことだった。見捨てた訳でも、忘れて暮らしてきた訳でもない。おはなさん、分かるね」

吉蔵の話を、おはなは目を大きく見開き、彦三郎を見詰めたまま聞いていたが、大きく頷くと、

「嬉しいです。ありがとうございます。母がどれほど喜んでいるでしょうか」

おはなは言った。

「ありがとう」

彦三郎は笠を取った。老いて日に焼けた骨張った彦三郎の顔が現れた。

「この花は屋敷の畑の隅にある白木蓮《はくもくれん》の花だ」

彦三郎はそう告げてから、ぎこちない手で白木蓮の花を花入れに挿した。

陽の光を浴びた白木蓮の花は、びろうどのような光沢を放ち、おていの墓に優雅な雰囲気を醸《かも》し出した。

手を合わせて祈った彦三郎は、ふっとギヤマンの煙管に目を止めた。

「これか……これがおていの……」

取り上げてまじまじと見ていたが、

「これをわしにくれぬか」

おはなに振り向いた。

「わしも煙草をたしなんでいるのだ」

「ええ、是非……」

おはなは言った。その顔は嬉しそうだった。

「そうだ、この煙管を貰うかわりに……」

彦三郎は懐から、紫の布に包んだ物を取りだして、おはなの手に握らせた。

「わしが所蔵していた書物と刀を処分した金だ。使ってくれ」

「えっ」

おはなは驚いて、益之助と顔を見合わせる。

「そなたのおっかさんは、殺される前に、わしに会いに来てくれたんだ。その時に、そなたが返済で苦労しているという話をしていたのだ」

「でも、大切な本を手放すなんて……」

おはなはどうしたものかとおろおろしている。

すると、彦三郎は笑って言った。

「何、この年だ。もう書物などいらぬ。鍬《くわ》と鎌があれば退屈はしないからの。そなたの役に立てば嬉しい。受けてくれ、父親らしいことをしてみたかったんだ」

彦三郎は、ギヤマンの煙管を大切そうに懐におさめると背を向けた。

「待って！」

おはなは呼び止めて言った。

「なんとお呼びすれば良いのでしょうか。父様と呼んでも良いでしょうか」

彦三郎は、ゆっくりとおはなに体を向けると、

「父さんでも、おとっつぁんでもいい……呼んでくれるのか」

泣きそうな顔をしている。

おはなは、一歩二歩と彦三郎に歩み寄ると、

「父様、おとっつぁん……私たちの家に来て下さい。鍬と鎌を持って来て下さい。近くには畑もあります。私も一緒に畑を耕します」

「おはな……」

感極まった彦三郎の胸に、おはなは飛びついた。

「吉さん、歳を取ると涙もろくていけねえや」

見守っていた清五郎が言った。


翌日吉蔵は、黒駒の爪を持って店を出た。

おていに代わって、おはつの倅に爪を届けてやろうと思ったのだ。

「あら、吉蔵さん、どちらに？」

店を出たところに、佐世がやって来た。

「うん、爪を届けに行くのだ。おていさんが爪を持って行くと約束していた子供がいるんだ。きっと待っていると思ってね」

吉蔵は、病に伏せっていた男児のことを手短に話した。

「そうだったの。おていさんて優しい人だったんですね。私も一緒に行っていい

かしら、いいわよね」

佐世は有無を言わさず吉蔵について来た。

（了）

この作品は「文春文庫」のために書き下ろされたものです

文春文庫

岡《おか》っ引《ぴき》黒駒《くろこま》吉蔵《きちぞう》

定価はカバーに
表示してあります

2022年1月10日　第1刷

著　者　藤原《ふじわら》緋《ひ》沙《さ》子《こ》
発行者　花田朋子
発行所　株式会社　文藝春秋

東京都千代田区紀尾井町 3-23　〒102-8008
TEL 03・3265・1211(代)
文藝春秋ホームページ　http://www.bunshun.co.jp

落丁、乱丁本は、お手数ですが小社製作部宛お送り下さい。送料小社負担でお取替致します。

印刷製本・凸版印刷

Printed in Japan
ISBN978-4-16-791810-1